I0562561

A

B

RELIURE SERRÉE
Absence de marges
intérieures

Texte détérioré — reliure défectueuse

NF Z 43-120-11

VALABLE POUR TOUT OU PARTIE
DU DOCUMENT REPRODUIT.

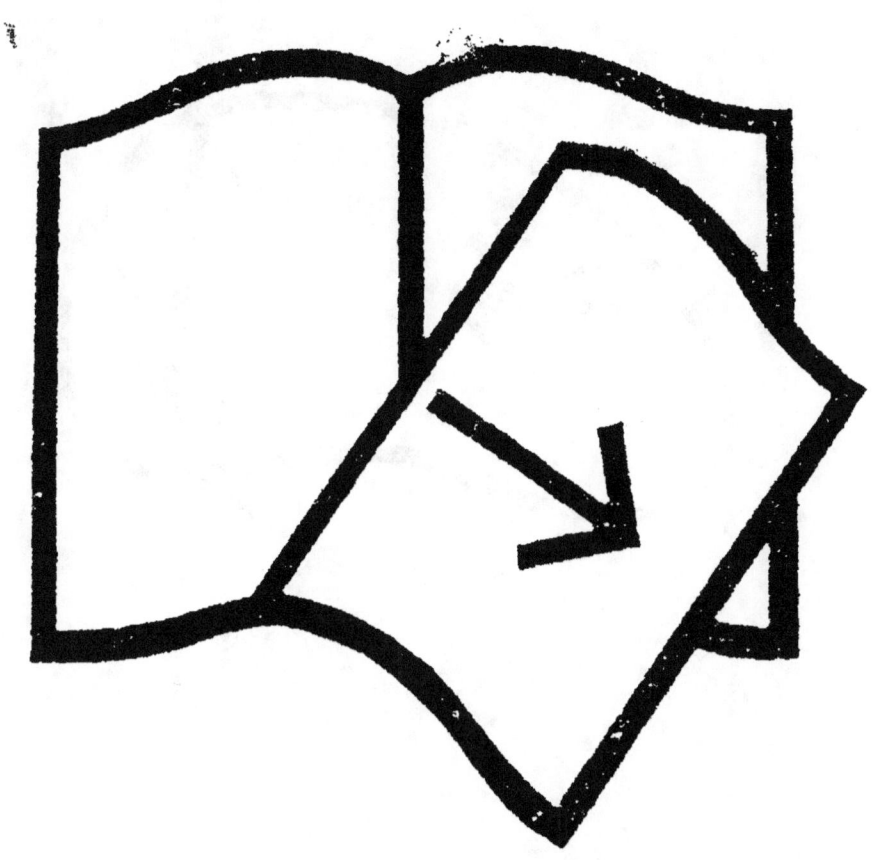

Couverture supérieure manquante

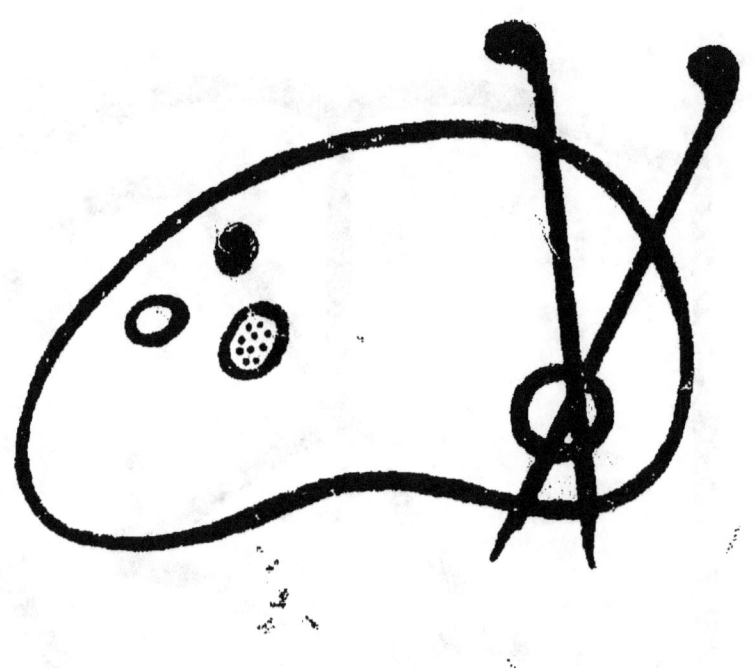

Original en couleur

NF Z 43-120-8

LA
REVUE INDÉPENDANTE

11, CHAUSSÉE D'ANTIN, 11

Anciennement : 79, rue Blanche

MAGAZINE DE LITTÉRATURE ET D'ART

paraissant le premier de chaque mois
en une livraison de 180 à 216 pages in-18 jésus
franco par la poste : 1 fr. 25

LIBRAIRIE DE LA REVUE INDÉPENDANTE

Spécialité de livres modernes
Ouvrages rares et curieux
Nouveautés littéraires et publications de la Revue

MAGASIN DE TABLEAUX ET DE SCULPTURES

Tableaux et sculptures modernes

PUBLICATIONS DE LA REVUE INDÉPENDANTE

publications de bibliophile numérotées, tirées à petit nombre
et ne devant pas être réimprimées

---

déjà paru :

JULES LAFORGUE :	*Moralités légendaires*, 6 contes.	6 fr.
FRANCIS POICTEVIN :	*Paysages et Nouveaux songes*...	6 fr.
EDOUARD DUJARDIN :	*A la gloire d'Antonia*, prose...	10 fr.
—	*Litanies* (piano et chant).....	10 fr.
—	*Les lauriers sont coupés*, roman.	6 fr.
GEORGES VANOR :	*Les paradis* vers............	3 fr.

sous presse :

DE GONCOURT :	*Notes sur l'Italie en rêve*......	6 fr.

Paris, Imprimerie de la Revue Indépendante, 11, Chaussée d'Antin.

Cᵀᵉ STANISLAS RZEWUSKI

ÉTUDES LITTÉRAIRES

HENRY BECQUE — PAUL BOURGET
GABRIEL SÉAILLES
GUY DE MAUPASSANT

PARIS

LIBRAIRIE DE LA REVUE INDÉPENDANTE
11, CHAUSSÉE D'ANTIN, 11

1888

PRÉFACE

Ce n'est pas sans une certaine appréhension que je publie ce volume, contenant la traduction de quelques études critiques, parues en polonais dans la Revue de la Semaine si vaillamment dirigée à Varsovie par M. Wislicki. Un étranger, même s'il habite Paris d'un bout à l'autre de l'année, reste toujours suspect de rastaqouérisme intellectuel ; on l'accuse facilement de présomption et d'outrecuidance si l'idée malencontreuse de publier un volume en français lui vient à l'esprit. Je me hâte d'ajouter que cette défiance me paraît absolument légitime: autant il est curieux de connaître les chefs-d'œuvre des grands écrivains étrangers, autant les traductions françaises des ouvrages qui synthétisent le génie et les aspira-

1

tions d'une autre race sont assurées de trouver en
France un public sympathique et lettré — autant
la lecture d'un livre écrit en français par un
étranger, traduit par l'auteur ou à son instiga-
tion, offre généralement peu d'intérêt. Le cas est
encore plus grave lorsqu'il s'agit d'études littéraires. Jamais, je crois, l'esprit critique n'aura
atteint un développement plus merveilleux, une
perfection plus grande qu'à la fin du dix-neuvième
siècle en France. La faculté d'analyse, qui marque le trait caractéristique de la civilisation générale de ce siècle, ne s'est manifestée nulle part
avec autant de charme, de variété et d'éclat que
dans l'appréciation moderne des productions de
l'esprit, des œuvres d'art et des évolutions du goût
littéraire. La critique littéraire, enfin affranchie
des stériles préoccupations qu'imposaient aux
esprits les plus libres les règles autrefois invinci-
bles de divers Aristotes de fantaisie, est, en vérité,
un art spécial, inconnu avant notre époque, une
des plus belles conquêtes de ce siècle. La critique
telle que nous l'attendons aujourd'hui, est basée
sur la compréhension la plus large et la plus éclectique des manifestations les plus diverses de l'es-

prit humain ; l'historien des écoles littéraires,
depuis les immortels chefs-d'œuvre de M. Taine,
cet incomparable génie, pour lequel l'admiration
des peuples étrangers devance le verdict de la pos-
térité — doit analyser avec une égale sympathie
toute la vie naturelle et sociale d'une nation, afin
d'aboutir à une explication quelque peu motivée
de l'éclosion des grands chefs-d'œuvre littéraires
aussi bien que des œuvres secondaires ; la critique contemporaine juge, étudie et analyse tout :
les idées et les mœurs, les détails les plus frivoles
de l'actualité aussi bien que les tendances les plus
générales d'une époque, les moindres particularités de la vie individuelle des écrivains aussi bien
que les impulsions spontanées des masses ; n'est-
il pas évident que cette forme littéraire spéciale —
exigeant de ceux qui la cultivent les facultés les
plus diverses, depuis le plus large esprit de synthèse
philosophique jusqu'à la sceptique finesse, la légèreté de touche indispensable dans un travail au
jour le jour, n'est-il pas évident que cette forme de
la critique moderne doit attirer les personnalités
les plus remarquables parmi le petit nombre de
penseurs que produit chaque génération ? Mais

*nulle part sans aucun doute, la critique littéraire
et artistique n'a eu autant de représentants éminents et glorieux que dans la patrie du créateur de
la philosophie des beaux-arts ! Les Français ont
étudié les littératures de tous les pays et de tous
les siècles dans leurs développements successifs,
leur génie spécial, leur structure la plus intime et
leurs particularités typiques ; ils ont tout dit : les
vérités les plus profondes, les aperçus les plus ingénieux, les plaisanteries les plus spirituelles ; ils
ont donné les modèles les plus achevés des divers
genres d'analyse critique ; depuis les vastes études
d'ensemble d'une largeur de vues, d'une profondeur d'observation, d'une intensité de coloris admirables, des Taine, des Sainte-Beuve, des Paul Bourget, des Lemaître et de tant d'autres, jusqu'aux
chroniques littéraires, toujours si fines, si amusantes, si parisiennes des feuilles boulevardières. Et
partout dans les tentatives les plus dissemblables,
dans les manifestations les plus diverses de cet
esprit critique, qui est l'essence même du génie lu-
cide des races latines et qui vient d'atteindre son
point culminant dans l'œuvre belle et féconde des
critiques français, je retrouve la même faculté ad-*

mirable, si précieuse et si rare ailleurs, la faculté de tout comprendre sans pédantisme et de tout exprimer avec grâce. Oui, la critique littéraire en France a tout compris, dans le mécanisme phsychologique compliqué des âmes d'artistes, âmes collectives aux époques primitives ou âmes individuelles dans les temps modernes ; elle a tout compris et tout exprimé sous une forme définitive. Songez à la somme de jugements, de définitions, d'aperçus philosophiques et esthétiques, de considérations fines et profondes, de rapprochements inattendus et suggestifs, en un mot à la somme d'idées nouvelles jetées dans la circulation par la critique moderne, qui fait œuvre de création à sa manière, et contenues dans les œuvres de critiques tels que Sainte-Beuve, Paul de Saint-Victor, Villemain, Saint-Marc Girardin, Guizot, Cousin, Gustave Planche, Théophile Gautier, Jules Janin et tant d'autres injustement oubliés aujourd'hui? Songez qu'à l'heure qu'il est, la littérature française possède des critiques de premier ordre, tels que MM. Taine, Paul Bourget, Jules Lemaître, Brunetière, Ganderax, Lacour, Francisque Sarcey, Schérer, de Pont-Martin, Gaucher, Lapommeraye,

*Auguste Vitu, Mézières, Stapfer, Spoelberch, de
Lovenjoul (1), Melchior de Vogüé, Nisard, Lepel-
letier, Fleury, Ginisty, Philippe Gille, Hugues
Le Roux, Émile Hennequin, Wyzewa, etc ; songez,
je vous prie, que le moindre vaudeville de mes heureux confrères, les dramatistes parisiens, est analysé, dès le lendemain de la première, par des
critiques appartenant à différentes écoles littéraires, mais presque tous se distinguant par un talent hors ligne, bien au-dessus de leur tâche,
souvent ingrate ; vraiment lorsque je songe que
n'importe quelle pièce jouée à Paris sera étudiée
minutieusement par MM. Sarcey, Lemaître, Henry
Fouquier, Lapommeraye, Ganderax, Lacour, Hugues Le Roux, Auguste Vitu, Bernard Derosne, Hector
Pessard, Bergerat, Henry Bauer, Stoullig, Besson,
Émile Faguet, Perret, etc., je ne puis vaincre un
sentiment de jalousie, bien naturel, hélas ! car,
chez nous, la critique théâtrale n'attire pas,
comme en France, les représentants les plus émi-*

(1) Où trouverait-on, par exemple, un bibliographe
aussi érudit, aussi étonnant, aussi infatigable et en même
temps aussi remarquable comme écrivain que l'éminent
auteur de l'*Histoire des œuvres de Balzac.*

nents de la critique littéraire ; au contraire !

Et cependant, même parmi les critiques de théâtre polonais, on pourrait trouver, certes, plus d'un écrivain de talent dont les études offriraient au lecteur français une lecture plus savoureuse et plus agréable que mes humbles essais. Nous avons, à Varsovie, M. Sarnecki, un connaisseur exquis des choses de théâtre ; M. Boguslawski, un érudit sagace et profond, de grand talent comme écrivain et styliste ; M. Kotarbinski, un juge d'autant plus compétent de la littérature dramatique que, déjà fort connu comme écrivain, il eut l'idée de devenir comédien lui-même ; Messieurs Jeské-Choinski, Kréchowiecki, Pawlikowski, Kozmian, Kaszewski, Kœnig, Glinski et autres critiques de talent. Enfin, parmi les nombreux critiques littéraires ne s'occupant pas spécialement d'art dramatique, combien ne pourrait-on pas citer d'écrivains remarquables, dignes, à tous les points de vue, d'être connus du public français. N'avons-nous pas un des plus grands savants et historiens du siècle M. Spasowitch, l'auteur de cette histoire des littératures slaves, qui est un chef-d'œuvre définitif, presque comparable à l'histoire de la littérature an-

glaise de Taine? N'avons-nous pas M. Chmielowski,
un des critiques les plus érudits de notre époque?
N'avons-nous pas des juges intelligents, instruits,
et sagaces tels que MM. Kaszewski, Jeske-Choinski,
Tarnowski, Prus, Belcikowski.

Plus je songe au mérite et à l'autorité si justement acquise de mes illustres confrères de la critique française ou polonaise, plus ma témérité me
paraît grande et mon entreprise périlleuse; si les
nombreuses polémiques soulevées par mes pièces
ont quelque peu familiarisé notre public avec mon
nom, comme auteur dramatique — ne suis-je pas,
en qualité de critique, un nouveau venu, même
dans la littérature de mon pays? Et voici que je
m'occupe déjà de la traduction d'une partie de
mes études. Quelle outrecuidance! diront bien
des gens. Assurément, et cependant, je pourrais
invoquer, en ma faveur, dès à présent, quelques
circonstances atténuantes. Si je publie en français
ces quelques portraits littéraires, écrits il y a
quelque temps déjà et, par conséquent, fort incom-
plets, ce n'est pas que je m'extasie sur leur valeur
intégrale, assez mince évidemment. Non, mais ces
études peuvent intéresser le public à un autre

point de vue, elles représentent un genre de critique tout spécial et cultivé uniquemeut, je crois,
dans le monde littéraire des pays slaves. Nous
sommes plusieurs en Pologne, aussi bien qu'en
Russie, romanciers, dramaturges et poètes, qui
nous sommes fait une spécialité de ne parler,
dans nos articles de journaux, que des nouvelles
manifestations de cette admirable littérature française, dont les chefs-d'œuvre immortels ont été pour
l'Europe entière une source inépuisable de jouissances intellectuelles, de même que la civilisation
française, imitée partout, est, jusqu'à présent, la
joie et l'enchantement du monde. Certes, les grands
écrivains français sont connus et appréciés chez
nous comme ailleurs, mais le gros public ne peut
être au courant du mouvement littéraire parisien.
Quelques années s'écoulent parfois avant que
l'œuvre d'un écrivain déjà célèbre sur le boulevard soit traduite en polonais ou en russe, avant
que notre public slave s'habitue à un nom étranger et nouveau. Et cependant nous autres qui sui-
vons le mouvement littéraire parisien, nous sentons que tel jeune écrivain a devant lui un brillant avenir, que dans quelques années sa réputa-

1.

tion deviendra européenne, que bientôt les lettrés de Pétersbourg ou de Varsovie raffoleront de ses œuvres aussi bien que ceux de Paris et de la France entière, nous sommes agacés en voyant que notre public s'obstine à ignorer les œuvres d'un artiste déjà cher dans notre petit cénacle — c'est alors que nous commençons à chanter ses louanges dans une série d'articles, nous disons au public : un nouvel écrivain de génie a paru en France, ses œuvres promettent de rivaliser avec celles des plus grands maîtres; lisez-les et vous y trouverez telles et telles qualités — et nous nous emballons, et nous écrivons des études enthousiastes, trop longues, pleines de défauts peut-être, mais assurément sincères et qui atteignent leur but presque toujours. On se met à parler de l'inconnu d'hier, on fait venir ses livres de Paris, les rédactions de journaux font traduire quelque fragment de l'œuvre analysée, parfois l'œuvre entière, ou bien celles qui l'ont précédée — et, s'il s'agit d'écrivains aussi éminents que ceux dont je parle dans le présent volume, bientôt ils deviennent aussi populaires en Pologne et en Russie que dans leur pays natal. Évidemment, ils le seraient for-

cément devenus tôt ou tard ; l'art français a ceci
de particulièrement admirable qu'il est universellement humain, aujourd'hui aussi bien qu'au
temps des froides conceptions classiques, et qu'il
est par conséquent, compréhensible et accessible à
tous ; des artistes de premier ordre tels que Paul
Bourget et Guy de Maupassant sont destinés, par
le caractère même et le charme inimitable de leur
talent, à devenir célèbres dans le monde entier, à
passionner tous les amateurs de belles-lettres du
monde civilisé, à faire rêver toutes les lectrices de
romans d'Europe et d'Amérique — n'importe, ces
grands écrivains eux-mêmes ont besoin d'un in-
troducteur dans les pays lointains, d'un héraut de
leur gloire et de leur renommée — c'est le rôle
modeste que je me suis attribué depuis quelques
années dans le journalisme slave et c'est dans cet
esprit qi 'ont été conçues et écrites les études dont
je publie aujourd'hui la traduction française. Les
œuvres des grands psychologues, des grands penseurs et des grands poètes sont pour moi une
source de joies intellectuelles si intenses, qu'après
en avoir savouré le charme et la beauté, il me semble que je reste le débiteur de leurs auteurs. En

exprimant mon admiration et en tâchant de la
motiver dans une étude détaillée et presque toujours enthousiaste — nous sommes si naïfs, nous
autres Slaves ! — je m'acquitte d'une dette con-
tractée envers l'écrivain, auquel je suis redevable
de quelques instants de cet oubli complet de tristes
réalités environnantes que l'art seul procure.
Toutes ces études ont été composées de la sorte,
dans une fièvre d'enthousiasme, après la première
lecture de chefs-d'œuvre, comme les Essais de psychologie contemporaine, Une Vie ou les Corbeaux.
Je n'ai rien voulu changer ni ajouter à ces esquisses, mais le lecteur voudra bien ne pas m'en
vouloir si elles lui paraissent forcément incomplètes. A l'époque où j'écrivis mon étude sur M. Guy
de Maupassant, il n'était pas encore l'auteur de
cet admirable roman de Pierre et Jean, qui vient
d'obtenir un si vif succès, ni de Bel-Ami, ni même
de Mont-Oriol, ce charmant récit écrit un peu à
la hâte, il est vrai, mais auquel on veut, fort injustement, je ne sais pourquoi, faire la réputation
d'une œuvre manquée; rien ne faisait prévoir non
plus à ceux qui admiraient dans les Essais de M.
Bourget un des plus étonnants chefs-d'œuvre de

*la pensée philosophique du dix-neuvième siècle,
que le charmant poète d'Edel et des Aveux se révé-
lerait bientôt romancier de premier ordre dans ces
trois admirables études :* Cruelle énigme, Crime
d'amour *et* Mensonges, *qui contiennent assurément
les plus belles pages qu'ait produites le roman
d'analyse depuis Stendhal, Balzac et Benjamin
Constant ; n'importe, ces études incomplètes peuvent donner, je suppose, une idée suffisante des
facultés maîtresses du tempérament littéraire
de MM. Bourget et de Maupassant; en tout cas, immédiatement après leur publication en polonais,
les traductions des premières œuvres de mes deux
romanciers préférés parurent en abondance ; je
ne puis m'empêcher de constater le fait; personne
avant moi n'avait parlé dans la presse polonaise
du talent alors naissant de ces deux grands écrivains : aujourd'hui on obtiendrait bien dix volumes en réunissant tous les articles publiés en polonais et en russe, sur l'auteur de* Mensonges *et
sur celui des* Sœurs Rondoli. *Mes études ont été
les premières — c'est peut-être leur seul mérite;
c'en est un à coup sûr et je le revendique. J'ai été
moins heureux, jusqu'à présent du moins, avec*

M.   Becque : le coloris âpre de son observation et l'amertume de son dialogue effraient les directeurs russes et polonais aussi bien que les directeurs parisiens ; tandis que le moindre de vos vaudevilles est traduit en toutes les langues, je crois que pas une des admirables comédies satiriques de l'auteur des Corbeaux *n'a été représentée sur les théâtres de l'Europe septentrionale. N'importe, je ne perds pas courage. Les théâtres impériaux de Saint-Pétersbourg ont la chance d'avoir pour directeur un des connaisseurs les plus fins de la littérature française,* S. E. M. Wséwolojsky, *un de ces rares grands seigneurs lettrés et artistes qui continuent les hautes traditions intellectuelles d'une aristocratie abolie. Je suis sûr que* M. *Wséwolojsky, dont le goût artistique, la largeur de vues et l'éclectisme raffiné sont bien connus en Russie, montera tôt ou tard une des œuvres principales du poète de la* Parisienne — *et une fois que le public russe aura goûté à ces œuvres, je vous certifie que* M. Becque *deviendra célèbre du jour au lendemain, dans la patrie d'Ostrowski, où l'implacable réalisme des dramatistes nationaux, a donné l'habitude de bien d'autres audaces. Je me figure*

l'effet que produiraient les Corbeaux interprétés
par l'admirable troupe du théâtre Alexandre —
la Comédie Française de là-bas,—avec quel amour
M. Potiékhine, l'administrateur général qui est
lui-même un auteur dramatique de premier ordre,
monterait ce chef-d'œuvre, que de créations admirables, d'une vitalité étonnante, cette étude, où
chaque caractère possède le relief de types généralement humains fournirait à des artistes tels
que Madame Marie Sawina — la grande co-
médienne russe, l'idole du public de Saint-Pétersbourg — Messieurs Dalmatow, Swobodine, Warla-
mow, Sazonow, Ardi, etc. Du reste, le public élégant du théâtre Michel, lui aussi, j'en suis sûr,
ferait bon accueil à l'œuvre vigoureuse et fouillée
de M. Becque, et encore plus à la Parisienne, dont
le scepticisme outré ne choquerait nullement un
public familier aux raffinements de l'esprit parisien. Mais patience : tout vient à point à qui
sait attendre.

Patience ! je viens de prononcer un mot bien
imprudent.

Celle du lecteur doit être épuisée depuis longtemps. Je termine donc cette trop longue préface

en constatant encore une fois que ces quelques
études ne doivent contenir rien de bien nouveau pour le public français, mais en affirmant
qu'elles étaient pleines de choses inédites pour le
public polonais qui les lisait. C'est ainsi qu'on
parle chez nous de vos grands écrivains. Et puis
je l'avoue sincèrement, la pensée que les éminents
psychologues artistes et critiques dont il est surtout question dans ce volume et que j'admire de
toutes les admirations de mon esprit — pourront
enfin lire l'expression de mon enthousiasme, cette
pensée me ravit ; elle seule suffirait à me décider
à cette publication. C'est sans doute enfantin,
mais ce volume ne fera de mal à personne, et puis
il se peut que MM. Bourget, de Maupassant
Séailles, Lemaitre, Alexandre Dumas, Sully-Prudhomme, Sarcey, — qui sait, peut-être même
M. Taine — daigneront le parcourir, et cet espoir,
quoique chimérique, me fait tant de plaisir !

Comte STANISLAS RZEWUSKI

Paris, 20 mars 1888.

HENRY BECQUE

HENRY BECQUE

Je ne connais point de dramaturge dont la carrière littéraire soit curieuse et instructive autant
que celle de M. Becque, que j'ai l'honneur de présenter pour la première fois au public polonais. La
première œuvre de M. Becque fut jouée en 1870 ; et
durant les dix-sept années suivantes, l'auteur de
Michel Pauper (la pièce de début de M. Becque), de ce
drame philosophique joué à la veille de la guerre
franco-allemande, n'a écrit que sept pièces, parmi
lesquelles une paire de courtes pièces en un acte.
Aucune de ces pièces n'a eu de succès ; je dirai plus:
chacune d'elles a obtenu un véritable fiasco. Et de fait
à Paris une pièce qui n'arrive pas à vingt représentations est une pièce mal reçue du public. Chez nous

même une pièce française est jouée plusieurs dizaines
de fois : qu'est-ce donc en France même. Et les admirables pièces de M. Becque disparaissaient toujours très vite de l'affiche. Il y a plus : presque
toutes les œuvres de l'éminent écrivain ont soulevé
dans le public lettré et dans la critique une véritable
tempête. Une pièce en un acte, la *Navette*, jouit
jusqu'à présent d'une réputation de scandale, que
rien ne motive ; et la géniale et incomparable satire des *Corbeaux* n'a été jouée que seize fois sur la
scène du Théâtre-Français, et elle a disparu finalement, sifflée en forme. Il est malaisé d'imaginer une
carrière moins fructueuse, au point de vue des résultats pratiques : de rencontrer un dramaturge lut-
tant aussi obstinément et si malheureusement contre
le mauvais vouloir et l'inintelligence du public. Et
cependant de cette incessante persécution du sort, la
justice supérieure qui régit le développement de
l'art, préparait à l'infortuné dramaturge les joies
splendides de la revanche morale. Quelques années
après l'échec des *Corbeaux*, on commença dans le
monde parisien, à s'occuper de la personnalité si
originale de M. Becque. Dans les pièces du dramaturge sifflé, les amis de la littérature commencèrent
à apercevoir le sceau d'une création artistique originale et puissante, le reflet d'un rare tempérament

littéraire et la vive beauté de style des véritables
comédies satiriques.

Depuis lors, un changement soudain se fit dans
les dispositions du public lettré à l'égard de l'auteur de *la Parisienne*, et ce mouvement se marqua
de plus en plus. La réputation de l'infortuné dramaturge, dont le grand public français ignore encore le
nom, commença à grandir sans cesse dans la rédac-
tion des journaux du boulevard et des revues men-
suelles, dans les salons littéraires, dans les modestes
demeures des écrivains débutants, rêvant, comme
tous les jeunes gens, de réformer la littérature entière de leur pays, et condamnant d'un coup tous
les auteurs dramatiques passés et notamment ceux
qui gagnent de grosses sommes. Dans tous ces
cercles artistiques, par les mystérieuses voies que suit
d'usage la gloire, s'est constituée l'opinion que
M. Becque est actuellement le plus apte et même le
seul doué de talent parmi les auteurs dramatiques
français. Il y a dans ce jugement une dose d'exagération ; la mode et le désir d'admirer ce qui déplait
au gros public, un exclusivisme paradoxal, tradui-
sent en partie ce changement subit de l'opinion, chez
une partie des anciens ennemis de M. Becque. Et
cependant on ne saurait nier un fait incontestable,
celui de l'admiration sincère d'un petit groupe pour

ce remarquable écrivain ; d'un groupe qui vantait son génie depuis longtemps, même lorsqu'il n'était pas question encore de la célèbre *Parisienne*, et dont l'auteur du présent article se flatte d'avoir fait partie. Pour ces sincères amis littéraires de l'auteur des *Honnêtes Femmes*, l'opinion énoncée ci-dessus sur la priorité de M. Becque dans le monde des dramaturges français enferme une grande dose de vérité. Il convient cependant de s'entendre sur cette question. Le théâtre français du dix-neuvième siècle peut, à mon avis, se glorifier de toute une série de remarquables dramaturges, dont les chefs-d'œuvres suffisent à faire briller sur le monde jusqu'à la fin des siècles l'art dramatique français. Et c'est pour cela que toutes les réflexions ironiques de la critique en France et ailleurs, sur la prétendue déchéance dramatique de la patrie de Molière, m'ont toujours parues dénuées de raison d'être. Si l'on veut porter un jugement sur le développement ou la chute d'un art entier il faut considérer un plus large espace de temps, un demi siècle, par exemple. Il est impossible de s'arrêter à un affaiblissement accidentel de la création durant quelques années, et d'en tirer une condamnation pour tout l'art au point de dire, par exemple, que le théâtre français est tombé assez bas pour pouvoir être comparé au théâtre anglais. Je prie que l'on songe combien de dramaturges de talent se sont manifestés en France, depuis l'époque de l'apparition du romantisme, c'est-à-dire depuis 1830, il y a, plus ou moins, un demi siècle. Hugo et ses mélodrames géniaux, conservant jusqu'aujourd'hui la beauté immortelle d'une plasticité de forme incomparable, avec tout l'éclat d'images romantiques; Dumas père, et son sentiment des effets dramatiques son activité féconde, trop féconde, Alfred de Vigny et son lyrisme mélancolique, élégant, aristocratique, qui sut cependant se soumettre aux étroites exigences du théâtre, Alfred de Musset, le plus grand génie dramatique qu'ait produit la littérature française dans la sphère gracieuse de la fantaisie, toujours vrai comme psychologue, toujours personnel comme poète, Balzac, poète suprême, créateur du roman moderne, le plus grand génie littéraire du dix-neuvième siècle qui, par quelques essais scéniques, a prouvé que sa mort prématurée a tué en lui un futur auteur dramatique remarquable; Dumas fils, cet écrivain de génie, cet énorme talent dramatique, ce pilier de la scène française, cent fois plus puissant que son père, l'auteur du plus grand chef-d'œuvre de la comédie de mœurs de ce siècle, de cette incomparable *Dame aux Camélias*, qui a fait pleurer et fera pleurer le monde entier, l'auteur de tant d'autres ou-

vrages magnifiques, où il faut admirer la profondeur
des analyses psychologiques, le magistral bonheur
des coloris dans la peinture des tableaux de mœurs,
un dialogue parfait, une connaissance exemplaire de
la plastique dramatique ; Augier, et sa force consciencieuse, souvent heureuse et profonde, pour caractériser les travers et les mœurs, Sardou, un de
mes écrivains préférés, dont le rare talent n'est pas
assez apprécié, Sardou, vraiment stupéfiant par la
variété de son talent, l'auteur non seulement du drame
le plus puissant de notre temps, de *la Haine*, mais
aussi de la plus amusante et plus adroite satire de
mœurs, *la Famille Benoiton*, Sardou, qui est un admirable dramaturge, un admirable auteur comique, un
admirable vaudeville, qui toujours et partout reste
ingénieux, profond, amusant et gracieux ; Labiche
ce génial auteur comique, le plus grand depuis Molière, qui, dans ses farces sans prétentions a mis tant
de vérité vivante, tant de caractères remarquablement tracés, tant d'observation subtile et profonde,
tant de psychologie adoptée à la forme de la farce,
qu'aujourd'hui seulement la génération littéraire
française a pu comprendre la portée de ces comédies.
Enfin ne convient-il pas, lorsqu'on mentionne les
grands dramaturges de la France contemporaine, de
citer ces ingénieux peintres de la vie parisienne,

MM. Meilhac et Halévy, dont les œuvres sont empreintes d'une telle subtilité d'esprit, d'une telle délicatesse d'observation, d'un don de caractériser si jaillissant, d'une si heureuse invention de coueurs caricaturales, qu'elles doivent avoir dans la littérature française une place d'honneur, très voisine de celle qu'occupe l'incomparable Marivaux. Il faut ajouter que, dans une sphère tout à fait différente de la production théâtrale, les deux mêmes écrivains, avec la collaboration du génial auteur de *Fortunio*, ont créé un nouveau genre dramatique, l'opérette, et que les premières écrites par la société Meilhac, Halévy, Offenbach sont des chefs-d'œuvre typiques immortels. J'ai cité seulement les plus remarquables parmi les dramaturges français ; et cependant il y a beaucoup d'autres talents estimables qui n'ont point trouvé leur place dans cette revue des étoiles de l'art dramatique français, encore qu'ils aient bien des droits à y figurer. Il est impossible de nier le talent peu commun de M. Pailleron, l'auteur élégant et spirituel du *Monde où l'on s'ennuie*, celui du Nestor du mélodrame, si fertile et si souvent heureux, M. Dennery, et celui de Théodore Barrière, auteur, aujourd'hui oublié, d'une satire aigue et profonde, les *Faux Bonshommes*, jouée encore à Varsovie, auteur aussi d'autres pièces où son génie

2

inégal et obscur cherchait à s'exprimer, sans y parvenir le plus souvent. Et Casimir Delavigne tant raillé
aujourd'hui ! Et M. Gondinet, et ses habiles comédies ! Et M. Octave Feuillet, ce charmeur, ce créateur
de tout un monde de personnages factices et exquis,
adorables produits de l'esprit romanesque. Et M. Pa-
rodi, auteur de tragédies sombres et superbes, telles
que *Ulm le Parricide*, ou cette *Rome vaincue*, qui
fournit à Madame Sarah Bernhardt sa meilleure
création ! Et M. de Bornier, l'auteur de *la Fille de
Roland* et de *l'Apôtre*. Et M. Deroulède, dont *la
Mosabite* semblait annoncer un poète ? Et les auteurs
comiques, si gais, si spirituels, continuant les
hautes traditions de Labiche et de Meilhac : ce
pauvre Hennequin, le créateur d'un genre, MM. Va-
labrègue, Bisson, Raymond, Millaud, Feydau, Ordon-
neau, Prével, Paul Ferrier, Blavet, Chivot, Duru, Toché
et tant d'autres sans lesquels nos théâtres polonais
ne pourraient pas exister, faute de succès d'argent.
Et M. Jules Claretie, l'auteur de cette superbe et
unique comédie politique de ce temps-ci, *Monsieur
le Ministre !* Et M. Anatole France, l'auteur des
Noces Corinthiennes, ce chef-d'œuvre trop peu connu.
Le théâtre français peut se glorifier d'un tel nombre
d'artistes admirables, enrichissant toutes les sphères
de l'art dramatique, qu'il n'y a point en Europe

de littérature, du moins aujourd'hui, qui puisse, à
ce point de vue, lui être comparée. En quarante ans,
depuis les premières luttes du romantisme jusqu'à
1870, il y a eu à Paris un tel épanouissement de la
production dramatique, que cet espace de temps
ressemble seulement aux plus belles époques du développement de l'art théâtral, à la grande ère du
théâtre grec, à l'âge d'or de la scène espagnole, surtout à l'incomparable aurore du génie dramatique
anglais, qui vit apparaître, autour de l'immortel
Shakespeare, toute une pléïade d'admirables poètes,
dont les œuvres, aujourd'hui peu connues, méritent
les plus chauds éloges. Et à cela rien d'étonnant :
la France, hélas n'a pas eu encore son Shakespeare
en ce siècle : et c'est pour cela peut-être que se
sont élevés, si nombreux, les grands talents, qu'ils
nous sont connus, et restent en vue. Chacun d'eux
reçoit le juste tribut de notre admiration, aucun
génie universel n'occupant toute l'attention. Malgré
cela, cependant, le siècle dont nous voyons lentement arriver la fin sera inscrit dans les fastes de la
littérature française, comme une brillante période de
création dramatique.

Mais que répondre à ceux qui ne parlent que des
dernières années et ne veulent pas généraliser leur
critique? Ils ont raison, lorsqu'ils parlent d'une

certaine déchéance de la poésie dramatique en France : effectivement, depuis 1870, depuis cette date qui marque en toutes choses, pour la France, une révolution et le commencement de la renaissance, pas un seul talent nouveau n'a brillé d'un éclat bien vif sur les scènes parisiennes. Les écrivains que j'ai nommés appartiennent à des générations précédentes, et parmi ceux qui ont commencé la carrière du drame depuis les désastres de 1870, seul M. Becque a acquis la juste réputation d'un talent de premier ordre, pouvant rivaliser avec les anciennes puissances du théâtre français, et pouvant même, sous certains rapports, leur être préféré, en tant qu'il apporte dans ses œuvres un nouveau reflet de création, une nouvelle sensation d'art, un moyen nouveau et heureux de représenter la réalité dans une synthèse dramatique. Je m'empresse d'ajouter que la très légitime réputation de M. Becque existe seulement dans les sphères artistiques. Lorsque, il y a deux ans, la *Parisienne* a eu un succès fou de première, l'enthousiasme des lettrés et des critiques n'a pas impressionné les spectateurs ordinaires, dont le jugement importe avant tout aux directeurs de théâtre, et cette satire si subtile, si gracieuse et si amère des mœurs contemporaines, a quitté la scène après vingt représentations. Et cependant il

est incontestable que la *Parisienne* sera, au vingt-
tième siècle, jouée sur la scène de la Comédie-
Française, parmi les œuvres classiques de la littérature nationale. M. Becque est donc, sans parler de
son rare talent, un curieux symbole du désaccord
qui divise le public en deux camps : mettant d'une
part la coterie raffinée, littéraire, dirigeant l'opinion
artistique, la coterie des vrais curieux d'art ; de
l'autre, la foule cent fois plus grande des spectateurs
habituels, représentant le goût moyen du public,
ceux qui, dans un livre ou dans une pièce, cherchent
seulement la distraction. Ces deux camps ne sont et
ne peuvent jamais être d'accord. Ce qui plaît à l'un
répugne à l'autre et *vice versâ*. Dans le cas donné,
par exemple, M. Becque, que le monde littéraire
apprécie si haut, n'a aucun succès matériel et ne
plaît pas au grand public. On peut donc croire que
ces deux faits, en apparence contraires, résultent
d'une cause unique : que dans le talent de l'auteur
de la *Parisienne* il doit y avoir des traits originaux
et propres à lui seul, qui, justifiant l'enthousiasme
de ses admirateurs, motivent en même temps la
froide indifférence du reste du public. Si je par-
viens, dans cet article, à marquer les traits principaux de ce remarquable tempérament littéraire,
j'aurai, je crois, fait connaître aux lecteurs la phy-

2.

sionomie artistique de M. Becque dans ses particularités les plus curieuses, et donné une idée suffisante de ses intentions et de ses moyens littéraires.
Ce travail ne peut être inutile en aucun cas :
M. Becque mérite toutes les curiosités. Il est de
ceux qui désirent ardemment la réforme de l'art
dramatique, et qui, dans leurs œuvres, ont prouvé
déjà qu'une évolution en ce sens est non seulement
possible, mais encore nécessaire et précieuse.

II

Pour faire bien apprécier la portée des œuvres de
M. Becque et pour faire comprendre plus aisément
les réflexions que je voudrais émettre à leur endroit, je crois nécessaire d'exposer aux lecteurs, si
sommairement que ce soit, les sujets de ses œuvres,
hélas, presque entièrement inconnues chez nous.
Voici, en quelques mots, l'affabulation des trois
pièces principales de M. Becque.

Le drame *Michel Pauper*, œuvre de jeunesse,
premier fruit d'un génie à peine mûr, contient, à
côté de scènes presque risibles, des passages aussi
merveilleux que la scène finale de l'acte deuxième,

et les deux derniers actes, empreints d'une grandeur
shakespearienne. En un mot, cette œuvre peu commune est une variation nouvelle sur la thèse connue
de l'union des classes aristocratique et démocratique
par le lien du mariage. Mais, de quelle vérité de vie,
de quel réalisme dans les caractères, de quelle ardeur juvénile est pleine cette résurrection puissante
d'un motif usé! L'auteur était encore dans cette
phase du développement intellectuel où l'auteur
rêve d'exprimer, d'un coup, toutes ses vues sur le
monde, la vie et les hommes, de donner au produit
de son imagination la portée d'une thèse philosophique, de résoudre toute la série des problèmes
métaphysiques et sociaux qui tourmentent sa conscience. Un tel dessein trouble presque toujours le
calme impartial d'une création artistique soucieuse
seulement de la vérité et du coloris réel des figures
présentées. Aussi les tirades consacrées évidemment
à l'exposition des théories politiques et morales de
l'auteur, malgré une verve et une ardeur que nous
ne retrouverons plus chez M. Becque, malgré la
vive curiosité qu'elles offrent, intéressent-elles le
lecteur beaucoup moins que le développement du
caractère du héros Michel, établi déjà avec un rare
talent de psychologue.

Michel Pauper est un simple ouvrier qui, par son

propre travail, s'est acquis une certaine science :
il est mécanicien dans une usine; il lit, pense, travaille beaucoup; dans sa tête poussent des projets
et des pensées élevés, encore obscurs. Cet homme
est un savant de génie, qui s'est fait seul, sans le
secours de personne, et pour lequel l'époque de la
maturité est arrivée très tard. Mais cet ouvrier
loyal, honnête et obstiné, parviendra à son but :
dans ses veines coule le sang du peuple, qui produit
les saints et géniaux bienfaiteurs du monde, aussi
bien que les criminels; le jeune homme a de l'énergie, de la patience et le désir du travail. Depuis
longtemps il travaille à une découverte qui va lui
rapporter la gloire et la fortune. Cependant l'amour,
jusque-là inconnu à Michel, s'infiltre dans son
cœur. Le pauvre homme, dont chacun raille la folie,
ose aimer Hélène de la Roseraye, la fille d'un riche
industriel, dans la fabrique duquel il est mécanicien.
La jeune et fière fille se moque impitoyablement des
premières déclarations de l'ouvrier. Mais l'aspect
des choses change : son père fait faillite, et, ne pouvant supporter le déshonneur, il se tue. Hélène devient une fille sans dot, et Pauper, qui commence à
acquérir quelque réputation, est maintenant pour
elle un parti enviable. Michel est officiellement
fiancé; sa joie est sans bornes; il voit réalisés ses

rêves les plus chers, et sous le coup de ce changement inespéré, son génie subitement s'épanouit,
comme une fleur qui attendait les joyeux rayons du
soleil. Voulant plaire à sa fiancée, il commence lui-
même à prendre le soin d'adoucir ses manières
rudes : l'ouvrier, peu à peu, se transforme en un
homme convenable, comprenant que les formes
d'une bonne éducation sont une chose indispensable dans la vie et nullement un sot préjugé aristocratique. En un mot, son heureux amour provoque en lui une complète métamorphose physique
et morale. Mais cette époque heureuse ne dure pas :
au jour du mariage, lorsque Michel, transporté, ra-
conte à sa femme l'immensité de son amour, Hélène, humiliée de son élévation d'âme, tombe à ses
genoux et lui avoue un affreux mystère qui déchire
le cœur du malheureux. Elle a été l'amante du comte
de Rivailles, un sceptique sans foi ni loi : elle, cette
femme que Michel adorait comme une sainte. L'affreuse catastrophe éveille en son âme tous les vieux
instincts d'une passion sauvage et mal refoulée : le
paysan, le plébéien, dont la fureur n'a point de
limites ni la vengeance de pitié, prend aussitôt la
place du tendre mari. « Arrière, hors d'ici, misérable prostituée! » crie-t-il à sa femme. Il la bat,
lui crache au visage, et puis, comme un animal

blessé, il se réfugie dans la nuit : l'écume aux lèvres, un couteau à la main, cherchant l'amant d'Hélène, qu'il veut tuer comme un chien. Mais il ne rencontre pas sur son chemin le comte de Rivailles, et le malheureux, comme jadis aux jours de misère et de faim, va chercher sa consolation dans une taverne. Le génie de Michel est mort pour le monde; le sourire traître d'une jeune fille a tué dans son cœur la sainte loi du vrai et du bien. Au dernier acte, le malheureux dévoyé meurt d'un accès de *delirium tremens*, sans reconnaître sa femme, et ne pouvant laisser au monde le secret de sa découverte, enfin obtenue dans une de ses dernières heures de lucidité. La grande vérité, qui pouvait briller pour le bien de l'humanité, périt, à jamais peut-être, par la mort d'un homme qui a mérité la chère parole d'Horatio sur la tombe d'Hamlet, cet autre rêveur déçu : « Son beau cœur est rompu. » Car, en présence de la misère et de la mort, le prince danois et le pauvre ouvrier parisien sont égaux : tous deux vivent dans cette sphère supérieure de la poésie, qui ne connaît pas les limites et les inégalités sociales.

Comme on le voit, cette œuvre de jeunesse, où l'auteur a voulu marquer les relations mutuelles des classes constituant notre société fiévreuse, de l'aristocratie, de la bourgeoisie et du peuple, ce drame se termine par une catastrophe, une mort et la banqueroute morale du représentant des tendances les plus nobles du peuple : des tendances vers la science, l'amour, la perfection volontaire. Cette conclusion n'est point gaie.

Si le drame de *Michel Pauper* est l'histoire d'un naufragé de la vie, d'une victime de la méchanceté et de la fausseté humaines, la comédie de *les Corbeaux* représente la victoire des misérables qui, se tenant sur le terrain de l'honnêteté légale, accomplissent toute une série de crimes abominables, volent, déshonorent et ruinent toute une malheureuse famille, composée d'une veuve et de ses trois filles adultes.

L'industriel Vignan meurt subitement, laissant à sa famille une fortune assez importante, mais un peu embarrassée. Tout son capital était en circulation : il aurait pu être doublé par les affaires engagées, si la main solide et honnête du travailleur ne s'était engourdie sous la mort subite. Que vont faire la veuve et les malheureuses orphelines, étrangères aux affaires, dénuées de toute idée de la vie pratique, de ses exigences, de ses dangers et de ses luttes? Naturellement, tout misérable pourra exploiter leur incompétence pratique, et c'est ce qui

arrive. Les orphelines ont pour protecteurs le notaire
Bourdon et l'ancien associé du défunt, le négociant
Teissier : deux parfaits scélérats, qui profitent de la
situation pitoyable des pauvres femmes.

Dans le tableau sombre, tragique, impitoyablement vrai, de cette ruine qui arrive peu à peu, de
cette compagnie inventée par deux machiavéliques
voleurs, de cette agitation désespérée de femmes
qui, par degrés, perdent tout : leur fortune, leur
bonheur, leurs relations mondaines, leur considéra-
tion, leur foi dans l'avenir et dans le triomphe de la
vérité, dans cette série de superbes et cruelles scènes
de mœurs, est contenu tout le sujet, toute la portée,
toute la tendance de l'œuvre. Les législations humaines sont choses si imparfaites, que le premier
brigand venu peut, sous le masque de l'hypocrisie
et de la probité extérieure, en des circonstances
données, réussir mille crimes, précisément à l'aide
des lois qui ont été instituées pour le bien des individus. La comédie de M. Becque est une sombre
preuve de cette vérité.

Comme il arrive toujours dans la vie, un malheur
inattendu en appelle une série d'autres. Une des filles de Vigneron, Blanche, était fiancée à un jeune
noble, un beau mondain, sans un sou dans la poche
ni une idée dans la tête. Le jeune Saint-Genis était

prêt à épouser la fille du parvenu lorsqu'elle avait
une riche dot, mais l'état des affaires de la famille
était si changé que les sentiments de l'élégant jeune
homme furent aussitôt modifiés eux aussi. La mère
du fiancé, une de ces effrontées aventurières mondaines, dont la pruderie égale leur bassesse, vient
annoncer à la pauvre veuve que son fils, qui pouvait
bien vendre son nom à une jeune fille riche com-
mettrait maintenant une mésalliance depuis que la
fortune des Vigneron n'existe plus. En un mot Saint-
Genis ne veut plus devenir le mari d'une jeune fille
jolie, honnête, et qui l'aime plus que tout au monde,
mais qui est sans dot. C'est assurément un lot cruel:
mais il est ici rendu plus cruel par d'affreuses circonstances. Blanche a été la maîtresse de Georges:
et ce misérable, l'ayant jadis séduite, la délaisse dans
un état qui fait apparaître plus vile sa trahison. Je
dois ajouter que, suivant moi, cette chute de Blanche est la seule partie faible de l'œuvre. Dans la
bourgeoisie française, les jeunes filles croissent sous
la surveillance étroite de leur famille, la mère n'a-
bandonne pas sa fille un instant. On se demande involontairement où cette fille d'un riche industriel
parisien a pu voir secrètement son fiancé. Assurément une femme même despotiquement surveillée
parvient à dépister parents, mari, tous ses surveil-

3

lants, et il est possible à une jeune fille bourgeoise
de tomber, aussi bien qu'à la fille d'une maison aristocratique. Mais dans chacune de ces classes sociales,
les faits de cet ordre sont extrêmement rares, et je
vois avec chagrin s'insinuer dans un tableau de
mœurs si beau, si vrai, si généralement humain,
l'élément d'une fortuité mélodramatique. Je sais que
dans le plan général de l'œuvre la folie de Blanche
est une nécessité, car la jeune fille devient folle,
sous le coup de cette terrible catastrophe. Mais la
trahison du bien-aimé suffisait à tuer une créature
si faible et si malheureuse. L'auteur voulait nous
montrer la famille, au dernier acte, dans l'état de
misère, de désespoir et de malheur, où l'homme
devient prêt à saisir avec joie tout moyen de salut.
La pièce en effet se termine de cette façon. L'un des
deux soi-disant tuteurs, et en réalité persécuteurs
des orphelins, le négociant Teissier, commence à
trouver que la fille aisée, sage, tranquille et avisée,
Marie, serait pour lui une femme agréable et sor-
table. Le caprice du vieux libertin prend bientôt de
telles proportions que Teissier fait sa déclaration,
encore que toute la fortune des Vigneron soit, depuis longtemps, perdue et dispersée. Le vieux dé-
pravé, comme on le pense, n'éveille guère des sentiments sympathiques dans le cœur de la jeune fille.

Mais que faire? sa mère est vieille et impotente, sa sœur malade a besoin d'une étroite surveillance et de soins coûteux. Marie se sacrifie, et devient la femme de l'un des auteurs principaux de cette injuste ruine de sa famille. Et tout de suite son mari se met à lutter contre les autres corbeaux ; nous le voyons, dans la dernière scène, mettre à la porte un malhonnête marchand qui réclame le paiement d'un compte réglé depuis longtemps. Enfin il y a dans la maison un protecteur, qui, étant aussi vil que les autres, parviendra cependant à défendre les droits de la veuve et des orphelins, car désormais son intérêt propre lui commande de les défendre. Assurément la pauvre Marie sera malheureuse dans sa vie avec cet homme d'affaires borné, méchant et déloyal, mais du moins sa famille et elle-même auront un morceau de pain, et combien de mariages pareils voyons-nous tous les jours dans notre société en apparence civilisée ! Les *Corbeaux* se terminent donc par le mariage classique, mais j'imagine que cette conclusion ne saurait ravir les personnes qui cherchent seulement au théâtre des impressions calmes et des distractions momentanées. Je ne connais point de pièce dont le dernier accord produise une impression si écrasante et si navrante, et je ne connais pas non plus dans tout le répertoire contempo-

rain une comédie de mœurs plus puissante et plus
belle, car il n'y a point seulement que les œuvres gaies
qui puissent avoir une valeur littéraire et esthétique. Les motifs les plus sombres ont précisément
donné le sujet des plus hauts chefs-d'œuvre dramatiques ; et ni la trilogie d'Eschyle autrefois, cette
superbe chronique de l'assassinat d'Agamemnon et
de la vengeance d'Oreste, ni *Hamlet, Macbeth,
Othello, Timon d'Athènes,* ces quatre chefs-d'œuvre
du maître anglais, ni le *Misanthrope* de Molière, ni
le *Faust* de Marlowe ou de Goethe, ne sont les produits de cet optimisme que la critique réclame aujourd'hui encore chez nous. Plus est belle et innocente la victime du destin tragique, plus est puissante l'impression de l'œuvre. C'est pour cela que,
sans considérer les figures de second plan, et la
véracité sombre des corbeaux, le drame de famille
que j'ai analysé a une si haute signification. En le
voyant jouer ou en l'écoutant, nous ressentons une
joie amère devant cette volée infligée à la bassesse
triomphante dans la vie pratique, mais vile, grotesque et sotte de ceux qu'on nomme les honnêtes gens.
Car qu'on le remarque bien, c'est en cela que consiste tout le côté dramatique de la situation : la famille Vigneron a tous les droits juridiques et légaux
de profiter du bonheur et de la fortune, nul ne peut

lui arracher son bien, et elle aurait le droit, d'après la loi, de mener son ancienne vie, comme du vivant du père.

L'auteur de cet article a, dans un de ses drames, voulu aussi représenter scéniquement une révolution cruelle survenue dans la vie d'une femme qui, maîtresse d'un homme riche, risque de tout perdre au cas de sa mort, car ses enfants, nés en dehors de la loi, n'ont aucun droit ; et la femme elle-même a pu ne pas prévoir cette noire catastrophe. Dans ces conditions, un seul moyen de salut reste à la femme hier riche et heureuse, la prostitution publique, une chute encore plus infâme.

Dans mon drame, de même que dans maintes autres pièces, la mort subite d'un millionnaire amène une révolution dans l'existence de tout un groupe de personnes, qui vivaient de sa générosité, mais qui dès le moment de sa mort, perdent tout droit et tout espoir à continuer leur mode de vie. Dans la comédie de Becque nous voyons au contraire pour la première fois, et traité avec une force magistrale, le drame de la ruine et de la chute d'une famille, pour qui la mort du père et du chef de la maison devient la source de mille malheurs, bien que ce soit sa famille légitime, bien qu'elle ait de la fortune, bien que le père n'ait pas d'autre héritier et

que l'avenir de la famille semble ainsi assuré. Oui,
mais ce n'est pas assez d'avoir de la fortune, il faut
encore la garder ; car la troupe des corbeaux ne
cesse de voler aux alentours de tout héritage, et
comment le conserver lorsqu'on manque de force
de volonté, d'énergie et de persévérance pratique.
Le malheur de la famille Vigneron retombe en partie, assurément, sur le fait des misérables qui ont
mis à profit le désespoir désarmé des femmes ; mais
ce malheur découle aussi du caractère de ces femmes, de leur incapacité personnelle. Si le tuteur et
le notaire avaient affaire avec une anglaise ou une
américaine, des femmes pratiques, et non avec ces
natures bornées et incapables de bourgeoises françaises, les opérations machiavéliques de ces personnages ne réussiraient pas si aisément. Tout le conflit du drame est donc, pour une partie très notable,
le résultat logique des caractères mis en jeu, de ces
êtres soudainement forcés à entrer en lutte avec la
vie ; la catastrophe seule ne suffit pas à expliquer
tout le développement de la pièce, tout ne dérive
pas des circonstances extérieures comme c'était, par
exemple, le cas dans mon drame. Cela n'atténue en
aucune façon la portée sociale de l'œuvre, la respon-
sabilité des vils tuteurs de cette famille, de ces
monstres légaux, dont on peut rencontrer à chaque

pas le prototype ; mais cela ajoute à cette admirable
comédie satirique, l'immortelle beauté des œuvres
d'art vraiment psychologiques, cette beauté que l'on
trouve si rarement dans les ouvrages destinés à soutenir une thèse ; car, incontestablement, il y a dans
les *Corbeaux* une thèse sociale, encore que l'auteur
n'expose pas une seule fois ses convictions person-
nelles dans quelqu'une de ces longues tirades qui
constituent actuellement comme une inconvenance
littéraire.

Quoi qu'il en soit, dirai-je en terminant cette analyse de la meilleure pièce de Becque, elle laisse au
spectateur une impression aussi sombre que le drame
de jeunesse, *Michel Pauper*. Dans cette dernière
pièce, nous avons vu la navrante tragédie de l'a-
néantissement prématuré d'un homme de génie,
ici nous voyons la victoire et le triomphe de misérables scélérats, d'odieux et méprisables coquins,
dont la conduite échappe à toute répréhension
légale.

Dans la comédie, *la Parisienne*, — la seule pièce
de Becque qui ait, relativement, obtenu un réel succès — le pessimisme de l'auteur a cherché sa matière d'observation dans une sphère infiniment plus
étroite, et son œuvre a ainsi une portée infiniment
moins large ; je dois cependant ajouter qu'à mon avis,

l'éminent dramaturge a trop généralisé des traits de dépravation féminine, qui, assurément, apparaissent souvent dans la vie, mais qui n'en restent pas moins exceptionnels.

Ces réserves ne m'empêchent pas de trouver que la *Parisienne*, en tant qu'une comédie de caractère, est un véritable chef-d'œuvre. Et de fait, chacune des répliques y est un nouveau trait moral, chaque scène une nouvelle phase dans le développement de la vie publique des personnages représentés, et l'ensemble constitue incontestablement l'étude la plus parfaite et la plus universelle de la vie de certaine sorte de femmes, qui ait fait son apparition sur la scène française depuis les temps de Molière et de Racine. Il n'y a que trois femmes qui vivent d'une vie plus intense dans l'atmosphère d'une synthèse dramatique : Célimène, Monime et Marguerite Gautier. Toutes les autres héroïnes des dramaturges français paraissent pâles en face du type impérissable de la Parisienne de Becque, de cette Madame Clotilde, si cynique, si polie, si convenable. Le sujet de la pièce peut être dit en quelques mots.

Madame Clotilde du Mesnil, femme d'un sot et bon égoïste, d'un fonctionnaire dénué de fortune autant que d'éclat, choses qui pourraient lui valoir la sympathie de sa femme, Madame du Mesnil a pour

amant un certain Lafon, qui, naturellement, est un
ami de la maison. Mais l'adultère même, dans ce
monde fangeux, est dépourvu de toute poésie et de
tout charme. La pauvre femme s'ennuie avec son
amant peut-être plus encore qu'avec son mari. Lafon, ami de vieille date, croit posséder déjà certains
droits moraux : il devient jaloux, épineux ; il s'em-
porte ; enfin il provoque dans la vie de sa maîtresse
une crise, qui est l'unique conflit de la pièce.

Madame Clotilde se décide à briser ses relations
avec son ancien amant, et se choisit un amant nouveau. « Peut-être celui-là, du moins, sera-t-il plus
drôle. » Mais une désillution cruelle l'attend : le
nouvel amant est un rustre impossible, grossier, sot,
méchant : il ne pense qu'aux chevaux, au sport et à
la chasse. Clotilde revient à son ancien ami, qui,
assurément, a bien des défauts, mais est tout de
même plus convenable, plus tolérable, qui connait
ses goûts gros et petits. Les amants se réconcilient.
Lafon pardonne à Clotilde sa trahison : et le mari,
qui ignore tout, qui a seulement constaté que le vi-
site de son vieil ami étaient plus rares, est très sur-
pris de voir que sa chère Clotilde et son bon Lafon
se sont enfin réconciliés.

Tout revient donc à l'ancien état des choses dans
cette famille parisienne, qui, pour les penseurs mo-

3.

ralistes, dans le genre de nos gardiens de la morale
publique, ne saurait être une famille exemplaire ;
mais qui mérite d'être étudiée comme un exemple
affligeant, quoique vieux comme le monde de cette
vérité : que des hommes dénués de toute dignité, de
toute conscience, de toute intelligence, de tout sentiment moral, peuvent être heureux, tranquilles,
respectés, satisfaits du monde et d'eux-mêmes.
Certes, à l'heure qu'il est, la conclusion philosophique de la *Parisienne* ne peut que déplaire ; il est
certain cependant que cette pièce, tôt ou tard, deviendra classique et restera parmi les plus beaux
chefs-d'œuvre du théâtre français. La prochaine
reprise de la *Parisienne* sera sûrement un triomphe
— et quel rôle que celui de Clotilde pour une char-
meuse telle que Rejane ou pour une grande artiste
comme Jane Hading, dont les créations admirables,
Sapho par exemple, lui ont conquis, sans contesta-
tions possibles le premier rang parmi les comé-
diennes contemporaines. Il faut une interprétation
hors ligne à cette œuvre hors ligne.

II

Le lecteur connaît maintenant les sujets des belles comédies de M. Becque ; je voudrais suivant la méthode rationnelle d'analyse de mon génial maître M. Taine, le créateur de la critique nouvelle, esquisser les principaux traits caractéristiques du talent de l'auteur : ces traits qui constituent son éminente individualité, et qui sont la source de toute son œuvre, avec ses incomparables beautés et aussi certains de ses défauts. Le tempérament de tout artiste — quelle que soit l'élévation de ses forces créatrices et quel que soit le genre de son génie — est constitué par les trois ou quatre traits fondamentaux de sa nature morale qui le contraignent instinctivement à adopter une façon ou une autre d'observer la vie et le monde, et à donner à ses ouvrages un certain coloris propre, qui fait l'originalité de cet artiste.

La psychologie de tout écrivain se laisse ainsi expliquer d'une façon à coup sûr très générale, mais qui me suffira peut-être pour donner l'idée d'un littérateur peu connu chez nous. Quels sont les traits fondamentaux du tempérament de l'auteur des *Corbeaux* ? Quels moteurs principaux agissent sur sa pensée créatrice ? Je tâcherai de faire consciencieusement cette analyse déductive, qui, suivant certains novateurs critiques, serait arbitraire et insuffisante, et qui a cependant permis à l'auteur génial de l'*Histoire de la littérature anglaise*, d'indiquer, dans cet admirable chef-d'œuvre, les plus beaux caractères d'un âge littéraire ; de telle façon qu'un modeste critique débutant, comme l'auteur de ces pages, peut se contenter de cette méthode, sans nier la possibilité d'autres procédés critiques. Aussi, dans la présente étude, de même que dans les études précédentes que j'ai consacrées à la littérature française, je me suis borné à employer les procédés de la bonne vieille méthode de Sainte-Beuve ou de Taine, qui considère simultanément l'influence des milieux et l'action du tempérament individuel de l'artiste ; mais qui tend avant tout à une synthèse complète et intelligible à tous, jetant une claire lumière sur la genèse d'une œuvre et la personnalité de son auteur. Après cette petite profession de ma foi critique (et je prie mes lecteurs de me pardonner ce long à parté) je voudrais encore attirer l'attention sur ce fait que, dans la préface de cet article, j'ai tenté d'indiquer la situation générale du théâtre en France et de marquer les principales influences qui pouvaient agir sur le développement intellectuel d'un dramaturge nouveau. Les autres conditions de la vie contemporaine, sont, hélas, trop connues, pour qu'il soit nécessaire d'en parler. Je tâcherai maintenant — ne pouvant me servir de nuls renseignements biographiques, — d'esquisser, avec le seul secours des œuvres de Becque, les traits caractéristiques de sa physionomie littéraire.

Avant tout le fait suivant saute aux yeux. L'auteur de la *Parisienne* possède un tempérament incontestable d'écrivain dramatique. La nature l'a doué de ce rare et précieux talent de grouper les faits en une action unique et totale, talent qui manque souvent à des artistes même géniaux. Je n'affirme pas, comme le font certains critiques, que d'écrire une bonne pièce soit la chose la plus difficile : que pour inventer une petite scène, il faut avoir déjà un génie spécial. Non, mais il me semble que l'on ne peut prédire une carrière dramatique longue et fertile qu'à celui qui mit toujours les matériaux de l'observation de la vie à travers le prisme de la synthèse dramatique. Mais quelle est cette synthèse, dont parlent sans cesse nos critiques? Quelle est, en général, l'essence d'un drame?

Un drame ne peut et ne doit représenter que les

conséquences des longues séries d'états psychologiques qui constituent notre vie mentale. Le roman,
au contraire, doit précisément présenter l'analyse de
ces menues impulsions intimes qui motivent chacun
de nos actes, et qui, se combinant pour former des
passions, des traits de caractère, etc., éclatent avec
une force extraordinaire dans les situations vio-
lentes, dans les heures de danger, par exemple, où
tout l'être humain entre en lutte avec le destin. Et
c'est précisément dans la représentation plastique de
ces heures décisives de la vie que consiste la donnée
du dramaturge; le romancier doit me faire connaître toutes les scènes des états psychiques anté-
rieurs, qui motivent un certain conflit, une certaine
crise, un certain éclat de passion, ou un acte des-
tiné à influer sur toute une vie. Et dans toute vie
humaine il y a une telle crise et de tels événements.

Le dramaturge, au contraire, après nous avoir
brièvement indiqué à qui nous avions affaire, doit se
soucier exclusivement de cette catastrophe, des
moyens capables de la rendre vraisemblable, logique,
naturelle. Jamais il ne peut, dans l'exposition de sa
pièce, dans le dessin psychologique des personnages
indiquer entièrement ces motifs qui amènent les
crises, et par suite de nous faire connaître d'avance

ces personnes qu'il nous montre dès le début dans une période d'existence fiévreuse, exceptionnelle, anormale, résultant de tout un passé que nous ignorons.

Mais voici : les faits qui amènent la catastrophe sont, comme tels, caractéristiques au plus haut point : ils ont donc une portée cent fois plus grande que les menus faits de la vie, observés dans leur détail par le romancier. Car, effectivement, dans les heures décisives de l'existence, dans les moments de crise, toutes les forces morales de notre être atteignent à leur plus haut degré d'exaltation, d'épanouissement, de franchise ; et c'est pour cela qu'un seul fait important dans la vie d'un homme nous donne souvent des renseignements plus profonds et complets sur tout son caractère, que des centaines d'actions et de pensées insignifiantes du même homme.

Aussi les esthéticiens d'autrefois avaient-ils, suivant moi, entièrement raison en affirmant que l'œuvre du dramaturge est avant tout une opération déductive, tandis que le roman est fondé sur l'induction, à qu'il emprunte sa raison d'être et ses moyens constants.

Et il ne me semble point qu'on ait raison, aujourd'hui, de soutenir que le procédé inductif soit plus honorable que le procédé déductif, dans la littérature. Chacune de ces deux façons de raisonner a ses motifs, est également nécessaire et indispensable ; et dans la sphère de la production artistique, le drame, encore qu'il soit un objet spécial, peut donner à la littérature des chefs-d'œuvre d'une élévation psychologique aussi grande que le roman, et a droit, par suite, à un respect égal. Je ne sais même rien de plus révoltant que le mépris des romanciers contemporains pour le théâtre et les hommes de théâtre.

Ce mépris me semble révoltant parce qu'il est illogique, ou du moins parce que, ainsi que j'ai esssayé de le prouver par les réflexions ci-dessus, il dénote une façon très superficielle de considérer les choses.

Que l'on compare les œuvres immortelles qui représentent, dans le drame et dans le roman, des passions pareilles : est-ce que les créations des dramaturges pâlissent auprès de celles des romanciers? Nullement.

Assurément Balzac, le plus grand écrivain du siècle, le Shakespere moderne, a peint la passion de son avare sous mille formes, jetant la lumière de son observation analytique sur les mystères les plus secrets de son âme, exposant une innombrable série de petits faits corrects, qui donnent à son personnage une puissance incomparable ; mais est-ce que Harpagon, qui nous est montré seulement dans une circonstance décisive de sa vie, dans sa lutte contre ses ennemis, est-ce que l'avare de Molière n'est pas, aussi, un type complet, réel, généralement humain, avec des traits individuels très nettement marqués ?

Le célèbre roman de Balzac, le *Père Goriot*, est, si l'on y prend garde, fondé sur la même donnée psychologique qui a fourni à Shakespere le sujet de l'un de ses chefs-d'œuvre : le *Roi Lear*. Nous voyons, dans les deux cas, l'ingratitude des enfants, ingratitude qui peu à peu tue le père, et le père est, dans les deux cas, digne de toute affection et de toute gratitude. Le milieu, les circonstances, les formes extérieures de la figuration de ce sujet, sont entièrement différentes dans les deux chefs-d'œuvre ; et cependant leur partie psychologique et leur valeur sont à peu près égales. Dans le roman, l'auteur énonce une foule de petits détails, témoignant de l'ingratitude de Madame de Beauséant et de Restaud et faisant saillir l'admirable caractère de Goriot comme de ses deux filles dénaturées ; dans la pièce de Shakespere nous voyons seulement une série relativement petite de scènes, et qui commencent seulement à l'action imprudente du vieux roi qui s'est dépossédé de son pouvoir : nous ne voyons que les

scènes qui résultent de ce fait décisif : et cependant
l'horreur tragique de ces quelques scènes épuise tous
les traits caractéristiques de Regane, de Gonerile, aussi
bien que du malheureux roi. L'essence même de
l'ingratitude est analysée dans ses éléments principaux avec une sûreté générale de jugement et une
puissance artistique incomparables : le dramaturge
est l'égal du romancier.

Mais prenons un fait de la vie qui semblerait, au
premier abord, exiger plus impérieusement encore
la seule forme de l'analyse détaillée, du récit, de
l'épopée : par exemple la fureur sauvage d'une foule,
qui, au paroxysme de la colère, veut à tout prix une
victime, est prête à tout détruire sur son passage.
Les adversaires même de M. Zola ne pourront nier, je
crois, que nulle autre part la vie collective d'une
foule, les instincts aveugles des masses, ne sont représentés avec une telle force de création poétique,
une si profonde intuition des moindres détails de
l'existence des classes laborieuses, une analyse aussi
complète et aussi consciencieuse des divers pen-
chants qui peuvent, tout d'un coup, affoler une
quantité d'hommes, que dans *Germinal*, ce chef-
d'œuvre de M. Zola. Et cependant tous ces tristes
aspects de notre civilisation occidentale, tous ces
instincts, ces inconscientes ou vagues tendances, ces

éclats soudain de la rage et de l'animalité primitives, un dramaturge de génie pourra les incarner en
une seule scène, dans un unique moment tragique,
avec toute l'horreur synthétique d'un éclair.

Je prie en effet qu'on lise la scène admirable et
superbe (encore qu'elle soit épisodique) du *Jules
César* de Shakespeare, où la foule cherche un con-
juré pour le tuer et rencontre, sur son chemin, un
homonyme de l'homme qu'elle cherche. « Mais je
ne suis pas celui que vous réclamez; je suis un tranquille citoyen, un poète inoffensif. — N'importe,
vocifère la foule, tuons-le aussi! » Et le pauvre
poète tombe sous une grêle de coups : le peuple en-
ragé a trouvé une victime. En vérité, cette unique
scène synthétique suffit au dramaturge pour exprimer une vie et une vérité si grandes, pour résumer
tant de faits, pour expliquer tant d'instincts psychologiques, que je ne sais pas si son œuvre ne se
rapproche pas de la réalité vivante plus encore que
le tableau, nécessairement un peu artificiel, du romancier.

L'écrivain qui sait trouver des situations scéniques, c'est-à-dire peindre une galerie de types
pris au moment où leurs passions entrent en lutte
avec les obstacles extérieurs, et doivent par suite
s'élever à leur plus haut degré, cet écrivain est un

dramaturge et a le droit d'écrire pour le théâtre.

Ce n'est pas à dire que seules les combinaisons exceptionnelles de certains faits anormaux puissent fournir à l'auteur le sujet d'une œuvre dramatique. *Œdipe-roi* et *Hamlet* sont assurément des chefs-d'œuvre; mais on se tromperait en exigeant du poète dramatique uniquement des situations aussi exceptionnelles que celles du prince mari de sa mère ou du prince vengeur de son père.

Les relations vitales les plus prosaïques, prises dans la sphère de l'existence quotidienne, peuvent fournir le sujet de chefs-d'œuvre dramatiques non moins puissants que ces créations romanesques des poètes anciens, pourvu que l'auteur sache trouver précisément, dans cette existence grise et commune, le moment où sa destinée doit se résoudre, le moment de sa lutte avec la fatalité universelle, le moment de la crise qui est dans toute vie.

Mais il y a dans la critique contemporaine des écrivains qui ne veulent ou ne peuvent comprendre cette vérité claire comme le jour, et qui, en exigeant des dramaturges des conceptions scéniques conventionnelles, mélodramatiques, empêchent le développement et le progrès de l'art dramatique. Il est certain pourtant que des pièces qui ne sont que des séries de scènes prises dans la vie, des pièces

dénuées de toute intrigue, et qui ne sont en apparence que des romans dialogués, peuvent posséder
une valeur scénique véritable : pourvu seulement
que l'auteur ait su concilier les nouvelles exigences
de l'observation contemporaine avec ce don de
trouver les situations synthétiques dont j'ai parlé
plus haut, et qui peut exister sous toutes les formes
littéraires. Et c'est précisément ce coloris dramatique tout nouveau que possèdent les pièces de
M. Becque (nouveau du moins dans la littérature
française) ; aussi voudrais-je m'arrêter un peu
sur ce premier et essentiel trait caractéristique de
son talent. La comédie des *Corbeaux* est propre-
ment une galerie de tableaux du genre satirique, où
l'auteur met en contraste l'égoïsme et la bassesse
des hommes d'affaires avec l'incapacité et la nullité
de leurs victimes. Au début de la pièce, la famille
Vigneron est riche et heureuse; au dernier acte,
nous la voyons ruinée et anéantie. Ainsi toute l'intrigue de la pièce est la ruine matérielle et morale
d'orphelins sans défense; une ruine représentée
dans son développement graduel et logique, mais
qui est par là même un drame décisif et terrible
dans la vie de cette famille; de sorte que la représentation de ce changement soudain dans le sort et
la vie des quatre femmes peut donner lieu à une

œuvre dramatique intéressante et émouvante.

Et de fait, la lutte avec le destin et les hommes
force chacune des trois filles du défunt, et plus encore sa veuve, à exprimer involontairement la douceur ou la dureté, la patience ou l'emportement, les
bons ou les mauvais instincts, en un mot, l'essence
même de leur nature morale.

Nous avons donc devant nous une véritable comédie de caractère, c'est-à-dire une œuvre dramatique où le conflit qui s'est élevé entre les personnages et les conditions nouvelles de leur vie nous
permet de reconnaître leur caractère et leur nature
intime. L'action scénique ? elle est précisément dans
ces manœuvres des corbeaux et leur lent triomphe.
L'élément théâtral, l'intérêt, contraignant le spectateur à attendre avec impatience le dénouement ?
Il me semble que tout cœur honnête doit, après la
fin du deuxième acte, attendre avec une impatience
fiévreuse le dénouement de la situation, et que le
sort de ces quatre femmes, la question d'argent qui
va décider de leur avenir, sont capables d'intéresser
le spectateur au moins autant qu'une banale intrigue d'amour de comédie vulgaire. M. Becque
possède précisément un talent et un tempérament
de dramaturge, puisqu'il a su saisir dans la vie
d'une famille très commune ce moment qui ren-

ferme l'élément d'un conflit dramatique; en effet,
la mort du père a été pour les Vigneron le commencement de leur tragédie domestique, et le lugubre mariage de l'une des filles est le dénouement
de cette tragédie. La vie de cette jeune fille, si
bonne et si sage, est à jamais brisée par le dernier
et le plus beau triomphe des corbeaux; après cette
révoltante injustice du destin, rien ne peut plus
nous intéresser; la crise a atteint son point culminant; les malheurs de la famille ne peuvent aller
plus loin, et l'auteur a raison d'y arrêter sa pièce.

On ne saurait exiger une facture plus adroite ni
trouver une conception plus dramatique.

J'en dirai autant de la *Parisienne*, bien que dans
cette pièce le manque d'intrigue frappe davantage
les yeux. Une femme débauchée trahit son amant;
mais peu satisfaite de son nouvel adorateur, elle
revient à ses liaisons anciennes. Voilà toute la pièce.
Comment y trouver un drame, un conflit, une situation à développer? Il me semble toutefois que
même dans cette pièce, M. Becque a montré une
connaissance intuitive et profonde des conditions
de la création dramatique. Et je connais peu de
situations qui répondent plus complètement aux
exigences de la poésie dramatique. Nous avons affaire ici à un conflit moral dont nous voyons le com-

mencement, le développement graduel et la termi-
naison logique, et qui par suite nous fait connaître
le caractère psychologique de tous les personnages
qui y prennent part. Est-ce qu'une œuvre appuyée
sur de tels éléments d'observation et d'invention
scénique ne renferme pas toutes les qualités que
nous sommes en droit d'exiger d'une comédie littéraire?

Et vraiment cette résolution que prend Madame
Duménil de se choisir un nouvel amant, et puis la
réalisation de ce projet : c'est tout un drame, et le
seul possible dans la vie d'un telle femme; il ne
saurait y avoir d'autre lutte dans sa conscience très
élastique : les motifs du remords, du devoir lui sont
évidemment toujours étrangers; en un mot, nous
voyons cette femme dans une heure décisive de son
existence. Et avec quelle verve géniale, avec quelle
amertume calme et objective, avec quelle finesse
d'observation sont marqués tous les traits moraux
de ce personnage ! Nous assistons à toute l'évolution
de ses projets, au progrès lent de cette lutte intime
qui la force d'abord à rompre avec son amant, puis
à se réconcilier avec lui. Lafon ennuie Clotilde, il
est jaloux et importun. L'héroïne de cette comédie
bourgeoise, que sa portée psychologique rend presque
une tragédie, veut trouver un nouvel amant; et

ainsi naît un conflit entre elle et Lafon, qui pressent
le danger : c'est une série de querelles, la première
phase de la lutte. Clotilde a choisi déjà un nouvel
amant, mais elle éprouve bientôt une désillusion
complète : le passé lui apparaît cent fois plus
agréable que le présent; d'ailleurs le successeur de
Lafon songe lui-même à rompre cette liaison éphé-
mère, et la pauvre Parisienne, déçue dans ses espérances, se rappelle le passé. Elle aperçoit maintenant
la patience, la fidélité de l'ami qu'elle a congédié;
nous voyons qu'elle reconnaît sa faute et qu'elle re-
viendrait volontiers à l'ancien état des choses :
seconde phase de la situation. La lutte morale qui
se livre dans la conscience (si l'on peut employer un
tel mot ici) de Madame du Mesnil est arrivée à son
plus haut degré, et nous commençons à pressentir
qu'elle se terminera par la victoire de Lafon. Puis
vient une troisième phase qui amène le dénouement : le successeur de Lafon, après six mois de
liaison, abandonne Clotilde, qui, ne le regrettant
guère, est résolue à reprendre son premier amant.
Lafon lui aussi accepte volontiers cette réconciliation : il est difficile, oh! bien difficile, à un certain
âge, de trouver une maîtresse convenable. Ainsi
toute la crise qui a troublé les relations familiales
dans cette maison, cette crise a passé par les phases

4

d'un développement successif et complet. La *Parisienne* est une comédie parfaitement construite : la situation se développe logiquement, et d'une façon intéressante, puisqu'elle résulte des caractères des personnages : nous y trouvons une exposition, un drame, c'est-à-dire un conflit de passions, enfin un dénouement tout à fait légitime; en un mot, tous les éléments d'une comédie classique. Quant au drame de *Michel Pauper*, il est inutile, je crois, d'en parler avec détails : malgré la simplicité de l'intrigue et l'absence de toute complication, l'excellente structure de la pièce est trop visible. Un parvenu aime une femme passionnée qui le trahit : il apprend cette trahison le jour de son mariage, et il meurt sous le coup de cette catastrophe morale. C'est un drame très commun, à coup sûr; mais pour l'homme qui a été victime d'une trahison, ce fait si commun doit être une tragédie terrible. Et il suffit de lire cette première œuvre (la plus faible) de M. Becque pour s'apercevoir que ce drame peut intéresser et émouvoir.

Nous voyons que les trois œuvres principales de notre auteur présentent toutes les conditions qui font le succès d'une pièce, au moins de la part d'un public intelligent, qu'elles témoignent chez M. Becque d'un rare tempérament dramatique. Mais mon ad-

miration et ma sympathie toute spéciale pour ces
pièces résultent de considérations plus générales.
C'est que des chefs-d'œuvre comme les *Corbeaux*
et la *Parisienne* sont le produit le plus parfait de
la nouvelle théorie dramatique, théorie qui pénètre
par degrés dans les convictions des jeunes dramaturges contemporains. Et cette théorie déclare
qu'une réforme de la littérature dramatique est indispensable, mais qu'elle n'atteint nullement les
conditions primordiales et essentielles du drame
lui-même, qu'elle doit seulement conformer à ces
conditions le besoin actuellement éprouvé par tous
d'une observation réelle, exacte et d'une extrême
simplicité psychologique dans la peinture des caractères. Une action est indispensable dans une
œuvre destinée au théâtre; mais cette action peut
être dramatique et intéressante en se passant de
toute intrigue et de toute construction artificielle.
Il suffit que l'auteur sache trouver, deviner, dans
une existence quelconque, l'heure décisive d'une
crise (et cette crise se trouve dans toute existence);
il suffit qu'il sache restituer dans son œuvre une
lutte des passions, même communes et mesquines,
avec les empêchements du destin; il suffit que sa
pièce renferme une seule situation, mais vraie,
réelle, vivante, et que cette situation se dénoue

d'une façon qui donne l'illusion de la vie : cela seul suffit, pourvu que l'auteur ait du talent, à rendre son œuvre intéressante et dramatique. Les partisans des vieilles données du mélodrame ne consentiront jamais à admettre cette manière d'envisager le but et les moyens de l'art du théâtre; mais déjà M. Becque a prouvé la possibilité de ce but et de ces moyens dans ses beaux ouvrages. Il y a mis une action, un élément de progrès scénique, des situations belles et émouvantes, profondes et vraies, et cependant ces situations résultent naturellement, logiquement, des caractères et des relations mutuelles des personnages, au lieu de résulter d'une combinaison extérieure des circonstances. En un mot, elles présentent une impression toute nouvelle, et différente de la curiosité qu'éveillent en nous les œuvres faites suivant la formule commune d'aujourd'hui. Dans les œuvres de M. Becque, — chacun doit l'avouer, — il y a incontestablement quelque chose de nouveau, non seulement pour ce qui est de la peinture des caractères et de la valeur littéraire des œuvres mêmes, mais aussi pour ce qui est de la forme, de la facture et du choix des situations.

J'ai voulu expliquer, en montrant le côté intérieur de ces pièces, comment il amène cette impression, et comment il résulte d'une nouvelle conception de l'art dramatique : je passerai maintenant à une question différente, plus haute encore, à coup sûr aussi intéressante.

III

L'éminent critique français, M. F. Sarcey, dont la compétence est incontestable, et dont toutes les opinions s'appuient sur une profonde entente du théâtre, a complètement raison lorsqu'il exige dans chaque pièce une concentration de l'action et ce qu'il appelle la scène à faire, c'est-à-dire un point culminant de la situation. Cependant si une situation décisive et essentiellement dramatique, se développant logiquement et par degrés dans une action scénique intéressante et homogène est la première condition de succès d'une œuvre dramatique, il n'en résulte pas que le talent de trouver les situations suffise pour constituer un grand dramaturge. S'il en était ainsi, la pantomime devrait tenir la première place dans les productions théâtrales. Non, une situation ne peut nous intéresser que lorsqu'elle résulte du caractère et des passions des personnages,

4.

et non des circonstances extérieures indépendantes
d'eux, et bien que le caractère des personnages se
reflète évidemment dans leurs actes, c'est-à-dire dans
le développement de la situation, l'œuvre dramatique ne possède une entière valeur esthétique, ne
peut donner au spectateur l'illusion de la vie que si
l'auteur sait dépeindre l'individualité psychique de
ses héros en même temps que leurs actes et leurs
discours. Et en effet, à part des circonstances exceptionnelles et hautement caractéristiques dont peut
se servir le dramaturge pour marquer ses types, il
possède un autre moyen précieux, à savoir le dialogue, qui lui permet d'ajouter des traits spéciaux
à la physionomie générale des types créés. En effet,
même dans la vie quotidienne, chacun de nous, cau-
sant avec une autre personne, trahit malgré lui ses
goûts, ses convictions, ses idées, son intelligence et
son tempérament. Le grand seigneur exprimera son
amour, sa colère, son espérance, sa prodigalité ou
son avarice autrement que le paysan et le bourgeois;
et cependant toutes ces passions d'humanité géné
rale ont certaines formes analogues d'expression ;
les paroles différeront, leur signification générale
sera la même. Le talent et la force du dialogue consistent précisément à marquer cette analogie et en
même temps les énormes différences qui caractéri-

sent les manifestations extérieures des passions,
suivant le tempérament, l'éducation, la situation
sociale des individus. L'auteur dramatique ne peut
jamais employer la forme épique, c'est-à-dire le récit qui facilite tant la tâche du romancier. Son œuvre ne doit pas dépasser certaine dimension très
restreinte ; mais le dialogue compense pour lui avec
usure toutes ces difficultés. Si dans la réalité les discours de chacun de nous donnent une certaine idée
de son caractère, les personnages d'une œuvre théâtrale peuvent d'autant plus employer des expressions, des tournures et comparaisons, en un mot des
discours caractéristiques. Et cependant chaque réplique doit être naturelle ; il faut que le spectateur
juge que chacun de ces personnages, dans la situation donnée, doit dire précisément ce qu'il dit. Il ne
faut en aucun cas que l'on aperçoive l'intention du
dramaturge, qui est d'esquisser des personnages
plus complets que dans la nature ; car dès qu'on
la devine toute impression devient impossible. Il y
a dans toute vie des moments où tous les espoirs,
toutes les afflictions et tous les désirs de l'âme s'expriment involontairement par un cri, un soupir, un
sanglot, un mot ; et cette seule expression traduit
toute la personne morale de l'homme. C'est précisément dans l'invention de situations décisives et dra-

matiques et dans la découverte de formes extérieures
pouvant traduire la passion à son plus haut degré,
que consiste le talent du dramaturge. Chaque phrase
doit être aussi serrée, aussi pleine qu'elle le serait
dans la réalité. Du moins il faut que le spectateur
pense que dans la réalité ce personnage en conflit
avec la vie dira ce que dit l'acteur sur la scène ; si
le dialogue dans une pièce donne au spectateur une
illusion de ce genre, on peut être sûr que l'auteur
possède un véritable talent de dramaturge. Des situations dramatiques, un dialogue caractéristique :
ce sont donc les deux qualités indispensables de
toute œuvre scénique de quelque valeur. On peut à
la vérité citer les noms de dramaturges qui possèdent
seulement l'une de ces deux formes du talent dramatique, et dont les œuvres sont cependant renom-
mées. Dans la littérature française, le célèbre auteur
de mélodrame, M. Dennery, par exemple, possède
un talent magnifique pour l'invention des situations ;
mais son dialogue est bizarre et pauvre ; M. Meilhac,
au contraire, cet incomparable satiriste parisien, est
redevable de sa gloire toujours croissante surtout au
dialogue, si spirituel, si plein de finesse psychologique
qu'on peut le comparer aux dialogues des comédies
de Marivaux, et peut-être même d'Ostrowski dans la
littérature russe. Mais tous les génies grands et immor-

tels dans le domaine de la poésie dramatique, ont possédé l'un et l'autre des deux attributs du véritable dramaturge. On pourrait citer des centaines d'exemples empruntés aux chefs-d'œuvre de la littérature dramatique. Qu'on me permette seulement de rappeler quelques répliques célèbres qui sont à tel point dramatiques, c'est-à-dire caractéristiques et en situation, que leurs quelques mots semble contenir toute la personne de l'homme qui les prononce et toute la situation du drame. Dans le dernier acte de *Macbeth*, lorsque le meurtrier vaincu ou tout au moins prévoyant sa prochaine perte, apprend la mort subite de sa femme et dit avec amertume mais avec un calme tragique et terrifiant : « Elle aurait pu mourir un peu plus tard », est-ce que cette courte phrase, outre qu'elle peint l'état de désespoir et d'abattement où est Macbeth, c'est-à-dire la situation de l'acte entier, ne jette pas aussi une vive lumière sur tout l'être moral de ce pauvre égoïste, de cet assassin puissant et cependant si dépourvu d'énergie.

Dans l'incomparable tragédie de Sophocle, *Antigone*, qui est, à mon avis, la création idéale du génie antique de la Grèce, la plus belle scène est incontestablement celle du dialogue célèbre entre la fille d'Œdipe et de Jocaste, qui veut ensevelir avec tous les rites d'usage le corps de son frère, et Créon, le

nouveau roi, qui a donné l'ordre de jeter les reste
de l'exilé en pâture aux chiens et aux corbeaux..
Que le lecteur daigne relire cette magnifique scèn
où la philosophie d'une morale supérieure, indépen
dante des formes et de la lettre de la loi, entre pou
la première fois en lutte avec la force humaine et l
pouvoir brutal au nom des idées éternelles d'amou
et de pardon que le Sauveur a exprimées quelque
siècles plus tard dans sa doctrine divine et immor
telle mais que l'antiquité prévoyait déjà, que le lec
teur s'arrête à toutes les répliques de ce dialogu
merveilleux, et il acquerra la conviction que le génie
dramatique, au temps de Sophocle, consistait dans
les mêmes qualités que nous admirons aujourd'hu
chez nos dramaturges. La scène dont je parle, non
seulement satisfait à toutes les exigences de la synthèse dramatique, puisque nous avons ici un conflit
entre deux sentiments qui dominent le cœur humain, l'orgueil et le devoir ; mais encore elle est
pleine de ces répliques témoignant chez le vieux
poète le même talent dramatique que nous cherchons aujourd'hui dans les œuvres de nos écrivains.
A Créon qui lui demande avec ironie si elle ne sait
pas que le sort des criminels, même après leur mort,
ne doit pas ressembler au sort des honnêtes gens,
Antigone répond par cette pensée philosophique

merveilleuse, incomparable, la plus sublime qu'aient jamais exprimée les vieux poètes : « Et qui sait si dans l'autre vie les choses se passent de la même façon. » Sans même observer que ces quelques paroles indiquent déjà l'aurore d'une nouvelle culture, d'une conception nouvelle de l'existence et de la morale humaine, est-ce que cette seule réplique ne résume pas tout le caractère de cette Vierge martyre, fière, loyale et hardie.

Le sentiment des conditions de la plastique dramatique est tellement indépendant des autres conditions de la création littéraire en général que non seulement les aperçus psychologiques nouveaux et profonds dans le genre de ceux de Macbeth et d'Antigone, mais même les pensées les plus communes, presque les lieux communs, employés à propos pour illustrer une situation émouvante, acquièrent un sens inconnu et caractérisent mieux un personnage donné que les plus subtiles finesses de l'analyse.

On peut précisément trouver un grand nombre d'exemples de ces beautés de dialogue dans l'œuvre dramatique moderne qui ressemble le plus aux géniales créations des tragiques grecs ; je parle ici naturellement de l'incomparable *Iphigénie en Tauride* de Gœthe, dans laquelle le poëte allemand est réellement parvenu à atteindre les hau-

teurs de la poésie qu'il imitait, et à donner à une
figure vulgarisée par les faux classiques une nouvelle beauté, une nouvelle vie, une harmonie merveilleuse de traits et de formes classiques. Lorsque
au premier acte, Iphigénie, dans sa conversation
avec Arcas, venu pour lui annoncer l'amour croissant du roi, lui répond avec amertume : « Ein un-
nüss Leben ist ein früher Tod. » C'est une pensée
assurément peu nouvelle, mais comme elle exprime
bien l'état moral de la suivante de Diane, triste et
belle, regrettant sa patrie, n'ayant aucun amour
pour Thoas et redoutant quelque violence. Et dans
cet unique vers également dit par Iphigénie dans
une autre scène :

« Wie enggebundes ist des Weibes Glück. » Combien y trouvons-nous de poésie, d'amertume et de
charme. D'ailleurs, si même le lecteur n'a pas lu
depuis longtemps le chef-d'œuvre de Gœthe, qu'il se
rappelle seulement le passage suivant du premier
acte :

Thoas. — « Es spricht kein Gott, es spricht dein
eignes Herz. »

Iphigénie. — « Sie reden nur durch unser Herz
zu uns. »

Que le lecteur réfléchisse quelques instants sur
l'admirable poésie de ces vers ; qu'il interrompe sa

lecture; le livre lui tombera des mains; et devant ses yeux apparaîtra soudain la douce, triste et enchanteresse figure de la prêtresse de Diane; Iphigénie ressuscitera du fond des siècles passés dans l'éclat impérissable de son immortelle beauté.

L'auteur de la *Parisienne* dont le rare talent d'invention scénique apparaît dans le sujet même de ses œuvres, possède-t-il aussi le précieux secret qui permet aux dramaturges d'exprimer en quelques répliques bien plus d'aperçus psychiques que le romancier n'en peut exprimer en vingt pages? possède-t-il le talent de ce choix synthétique des réponses caractéristiques qui s'appelle le dialogue scénique, et la cadence des dialogues réels.

Incontestablement M. Becque possède ce talent; on peut même dire que précisément le dialogue de ses pièces est leur principal attrait. Ce dialogue doit enchanter tout écrivain du métier. Il réalise l'idéal du ton de conversation d'une comédie satirique; impossible d'aller plus loin dans l'esprit, la vérité, le comique vif et amer, la perspicacité psychologique, la légèreté. Chacune des répliques ajoute un trait nouveau et caractérisque à la personne qui l'émet, ou au tableau général de la société; chacune de ces plaisanteries résulte de la situation même et de la disposition du personnage donné, et non du

5

caprice de l'auteur. La lecture des pièces de M. Becque produit sans cesse un plaisir nouveau, un véritable enchantement intellectuel. Sans parler des génies classiques du dialogue théâtral, c'est-à-dire des grecs, Aristophane, Euripide, Sophocle, des espagnols Tirso de Molina, Lope de Viga et Calderon, des allemands Schiller, Gutzkow et Kleist, des français Molière, Marivaux et Beaumarchais, des anglais Shakespeare et Webster, dans le nombre des auteurs dramatiques du dix-neuvième siècle, je ne connais que cinq dramaturges dont le dialogue (il va sans dire que je ne parle pas des autres éléments du talent dramatique) puisse être comparé au dialogue de Becque : ce sont Dumas fils et Meilhac en France, Oelenschläger, l'auteur inconnu chez nous du colossal chef-d'œuvre de la poésie danoise *Hacon Jarl*, Ostrowski en Russie, et notre bon vieux Fredro.

IV

Cet article ne serait pas terminé, même dans les limites restreintes d'une esquisse sans prétention si je ne disais quelques mots sur l'impression générale qui naît à la lecture des œuvres de M. Becque, im-

pression qui est presque toujours dans un rapport
étroit avec les vues générales de l'écrivain sur la
vie, les hommes et le monde, c'est-à-dire avec la
somme de ces idées philosophiques. Car tout grand
artiste — quelle que soit la sphère de son activité :
poëte, romancier ou dramaturge — possède une
philosophie subjective de la vie, souvent bien plus
curieux et plus profond que les systèmes subtils
des métaphysiciens de profession et dont l'intelligence complète me paraît indispensable pour une
appréciation consciencieuse de toutes les qualités
d'une individualité littéraire. Comment tel ou tel
écrivain de génie a-t-il compris la vie humaine,
sous quelle lumière a-t-il entrevu l'énigme de
l'existence universelle ? où a-t-il cherché les conditions d'un développement normal de problèmes
sociaux ? Et il me semble qu'il n'y a pas pour un
critique épris de son art, et comprenant que l'analyse des convictions philosophiques d'un grand
écrivain nous révèle l'essence même de son art —
qu'il n'y a point pour lui de travail plus curieux et
plus profitable. Mais dans un article consacré aux
pièces de M. Becque, cette question présente encore
une portée spéciale, attendu que, comme j'essaierai
de le prouver dans ce dernier chapitre, ce sont précisément les convictions philosophiques de cet émi-

nent dramaturge qui ont le plus contribué à l'insuccès relatif de ses œuvres auprès du grand public.
J'essaierai donc, m'appuyant sur l'analyse de ces
ouvrages, de dire en quoi consistent les vues philosophiques de M, Becque, et par suite d'expliquer
l'origine véritable de l'anomalie signalée plus haut.

Je pense comme tout le monde, que l'auteur de la
Parisienne et des *Corbeaux* est un pessimiste. De
tous les égarements que notre critique déplore dans
les œuvres dramatiques de l'auteur de ces lignes,
il n'en est point qui ne se trouvent aussi dans les
œuvres de l'éminent dramaturge français : l'accumu-
lation de caractères sombres, de situations tristes et
de types odieux se manifeste à la lecture de chacune
de ses pièces. Si Varsovie jouit un jour de l'honneur de voir représenter sur son théâtre des œuvres
de M. Becque, les critiques varsoviens ne manque-
ront pas de trouver que ce M. Becque est un pessimiste affreux, nuisible et répulsif. Et j'avoue sincèrement que nos critiques auront tout à fait raison.
M. Becque est réellement un pessimiste ; encore que
pour moi ses créations ne soient ni répulsives ni
nuisibles, mais au contraire imprégnées d'une haute
beauté artistique et morale. Il faudrait pourtant
s'entendre sur le pessimisme des auteurs dramatiques en général ; et pour si souvent que notre presse

m'ait blâmé de cette tendance fautive, je veux éviter
toute polémique personnelle, oublier pour l'instant
mes faibles ouvrages. Je prie donc le lecteur de
croire que je traite cette question uniquement parce
qu'il est impossible de la laisser de côté dans l'analyse du talent de M. Becque et des causes qui ont
amené de si amères déceptions dans son étrange
carrière littéraire.

Pour tout véritable ami des études philosophiques,
cette appellation de pessimiste que l'on distribue
généreusement à tout écrivain qui cherche la vérité de la vie et ne tremble pas devant les résultats
d'une observation impartiale — doit paraître assez
ridicule : la plupart des poètes, des romanciers ou
des dramaturges ne possèdent pas un système de
philosophie nettement formulé. Le mot de pessimisme, qui aujourd'hui en présence des grands systèmes métaphysiques néo-bouddhistes de Schopenhauer, Hartmann, Frauenstadt et autres, a une
telle signification lorsqu'il désigne des conceptions
étroitement philosophiques n'a aucun sens lorsqu'il
s'agit d'un artiste ou du moins ne signifie pas
grand'chose.

Si nous disons que tel ou tel poète était un pessimiste, cela donnera-t-il une idée suffisante de ses
pensées, de ses vues et de ses convictions sur les

grands problèmes qu'il traite ? Non ; même chez les poètes dont l'œuvre s'appuie sur une théorie philosophique pessimiste, nous voyons une différence énorme dans les sujets, la facture, la tendance de leurs œuvres. Le pessinisme de Lucrèce, par exemple, ne ressemble pas au pessimisme moderne et subjectif de Léopardi ; et la doctrine du poète italien résulte à son tour d'une source toute autre que le pessimisme viril et sombre de Madame Ackermann, la seule femme peut-être qui ait eu le talent d'un grand poète.

Et cependant, lorsque l'écrivain se complaît surtout à restituer les côtés vicieux de la vie, lorsqu'il trouve que ces côtés dominent les autres, lorsqu'il exprime cette pensée dans ses œuvres souvent et amèrement, l'opinion publique le déclare un pessimiste et non sans une part de raison. Prenons par exemple les œuvres de M. Becque. Chacune d'elles se termine par le malheur ou la mort des honnêtes gens. Les types les plus parfaits et les plus soignés sont des types anthipatiques, et qui n'ont même pas une plasticité extraordinaire ; enfin le remarquable dialogue de M. Becque doit son charme principal à des traits vifs et mordants, qui montrent chez l'auteur une dose d'amertume et de scepticisme. Il est évident que l'auteur trouve une sorte de mauvais

plaisir, de vengeance contre l'injustice du destin et
la bassesse du monde dans une représentation impitoyablement vraie et objective de la vilenie et de
la sottise humaine. Et ainsi, loin que nous ignorions
quelles sont les convictions philosophiques de l'auteur, nous pouvons être sûrs qu'il partage ce jugement sans appel qui résume toute la doctrine de
Schopenhauer : « Si le but de notre vie n'est pas la
souffrance et le malheur, c'est donc que notre existence n'a aucune raison d'être » (Schopenhauer,
Parerga und Paralipomena) ; et vraiment, si les
drames de la vie avaient toujours dans la réalité le
dénouement qu'ils ont dans les pièces de M. Becque, le monde entier devrait adopter cette opinion
du philosophe allemand, que l'auteur de ces lignes
adopte du reste complètement, il l'avoue en passant.

Si nous pouvions nous arrêter plus longtemps
sur toutes les maximes générales, politiques, morales ou sociales, exprimées par M. Becque dans ses
œuvres, nous verrions que toujours et partout, il
reste un sceptique, un penseur désenchanté, qui ne
voit la beauté que dans la vérité, dans une vérité
impitoyable. Mais je dois me contenter d'analyser
les qualités subjectives de pessimisme de M. Becque.
Car les plus grands dramaturges de tous les temps

ont eu une façon de voir la vie et les hommes assez voisine de ce pessimisme qui nous révolte dans les œuvres de l'auteur de la *Parisienne*, et ils ne diffèrent que par les formes diverses de leur pessimisme. Pessimistes étaient Euripide, qu'on relise ces chefs-d'œuvre sombres et désespérés : *Médée* ou *Hyppolyte* ; pessimiste était Shakespeare : je ne sais point d'œuvres plus amères, plus méprisantes pour la nature humaine, que par exemple *Hamlet*, *Timon d'Athènes*, le *Roi Jean* ou le *Roi Lear* ; pessimiste l'auteur du *Misanthrope* et de l'*Ecole des Femmes*. Dans l'œuvre de tout poète dramatique génial on peut trouver les accords d'un désespoir profond et irréparable, résultant de la conviction de l'immutabilité du destin et de la fatale souffrance humaine.

Même chez les dramaturges qui possèdent une légitime réputation d'optimistes, combien d'amertumes secrètes se cachent souvent sous leurs créations les plus amusantes. C'était un optimiste, Regnard, le génial auteur du *Joueur* ; un optimiste notre Fredro ; tous les grands dramaturges espagnols devaient être des optimistes, puisque tous, Lope de Vega, Calderon, Tirso de Molina, Guilhem de Castro, Royas étaient de fervents catholiques ; et cependant il me semble que les chef-d'œuvres de cette brillante époque produisent l'impression d'œuvres sombres et tristes : l'*Etoile de Séville*, le *Juge de Zalama, La Vie est un songe*, le *Roi est le meilleur Alcade, Don Juan*; toujours l'orgueil et le sentiment de l'honneur sont l'unique récompense et consolation des héros que persécute le destin. Regnard était un épicurien jovial dans la vie, dans ses œuvres, mais quel cruel mépris de la nature humaine trahissent ses belles, hardies et cyniques pièces : le *Légataire universel*, le *Joueur*, les *Folies amoureuses*. Enfin les auteurs dramatiques contemporains français, les collègues de M. Becque, considèrent-ils le monde et les hommes d'une vue satisfaite et tranquille ? Non ; leur philosophie est une philosophie de doute et de tristesse, confinant au pessimisme non moins que les œuvres de M. Becque. Dans les meilleures créations de Dumas, d'Augier, de Sardou, de Meilhac et des autres, nous voyons les affreuses images de la décadence sociale, de la démoralisation universelle, la lutte d'individus plus honnêtes avec la bassesse triomphante. Le courant général du siècle, cette conception de la misère universelle, a depuis longtemps envahi le théâtre contemporain, en France et pourtout où existe encore une littérature dramatique. Et cependant il faut reconnaître qu'aucune œuvre dramatique contemporaine ne produit une impression aussi sombre que les comédies de M.

5.

Becque, où il n'y a ni meurtre, ni grande catastrophe, et que, en général, dans la littérature dramatique universelle, il y a peu d'œuvres si essentiellement et si obstinément tristes. C'est que tous les dramaturges ont vu que la première condition du succès d'une pièce est la satisfaction d'une des exigences éternelles de la masse. Certes le public cherche la vérité de la vie dans les œuvres d'art; mais il y cherche aussi une synthèse morale; en d'autres termes il ne supporte pas sur la scène une vérité nue, et reste mécontent si l'œuvre du poète, en outre de la réalisation esthétique d'une vérité, ne contient pas aussi la victoire du bien et du vrai, qu'il cherche vainement dans la vie réelle. La masse a-t-elle tort ou raison dans cette exigence ? Peu importe ; mais il est incontestable que cette exigence existe. Du moins le public demande certains éléments supplémentaires, certains contrastes, une supériorité, ne fût-elle que relative et apparente des vertus morales sur la force brutale. Et il faut remarquer que presque tous les chefs-d'œuvre de la littérature dramatique contiennent un élément de cette vertu, qui adoucit l'impitoyable vérité de l'observation et le pessimisme philosophique de l'auteur. Dans le théâtre antique tous les désaccords des tragédies de la vie disparaissent devant la justice fatale et triomphante de la volonté divine. Le théâtre du moyen-âge et la poésie dramatique espagnole possèdent l'auréole merveilleux de la foi chrétienne ; enfin chez les dramaturges anglais et même chez Shakespeare, la sombre horreur des situations est rachetée par le rang social des personnages ou la splendeur des passions représentées. Et il faut reconnaître qu'Aristote, ce tyran enfin vaincu de la poésie dramatique, avait entièrement raison lorsqu'il donnait à entendre que les souffrances et les crimes d'un roi, même les plus odieux, n'éveillent pas dans le cœur des spectateurs un sentiment d'aversion tel que les basses vilenies des gens du commun. Or dans les comédies de M. Becque, nous ne voyons que la vérité nue de la vie et rien de plus ; leur auteur est un artiste objectif qui trouve que la restitution d'une réalité dans la perpective de la synthèse dramatique suffit pour donner à l'œuvre une pleine valeur ; et je m'empresse d'ajouter que je partage entièrement son avis. Mais le tempérament de l'auteur de la *Parisienne* le contraint à choisir presque toujours des thèmes antipathiques, désespérés et bas ; et précisément il refuse de faire au public la moindre concession, tout en sachant bien que ses œuvres, sous la forme qu'il leur donne, révolteront les spectateurs. Le sujet de ses pièces est triste et sombre, comme on l'a vu ; sa façon de le présenter

est d'une objectivité froide et rude, incapable de
plaire au public d'aujourd'hui. Si du moins on
pouvait trouver dans ces œuvres des raisonnements
spirituels comme chez M. Pailleron, quelques scènes épisodiques amusantes comme chez M. Sardou,
des vengeurs triomphant à la fin de la pièce comme
chez M. Augier ; si M. Becque consentait à employer
une seule de ces ficelles adroites dont se servent ses
collègues avec une magistrale délicatesse, et qui
empêchent le public d'apercevoir toute l'amertume
de l'observation et le désolant scepticisme de l'artiste moderne ! Mais non, M. Becque ne sait pas ou
ne veut pas altérer la sombre beauté de ses œuvres
par la moindre dose de faussetés conventionnelles.
Psychologue éminent, dramaturge admirablement
doué, il est avant tout un artiste objectif et impartial, incapable d'abdiquer cette impartialité objective. Il refuse d'exprimer jamais ses convictions et
ses vues directement. Il a une honte évidente des
tirades, des sermons, des monologues à effet, par
lesquels l'auteur exprime son idéal moral ; combien
moins il serait capable de satisfaire à l'idéal moral
de la masse, se soucier de rester conforme aux idées
du public, et dans ce but de rompre l'harmonie de ses œuvres par une fausse note telle qu'un
dénouement trop heureux, une lamentation furieuse

sous le malheur des victimes innocentes du sort,
etc. Non que je lui fasse de cela une supériorité sur
ses grands confrères contemporains ; je signale
seulement cette propriété singulière du talent de
M. Becque : que, de tous les dramaturges de ce
temps, il est seul tout ensemble un écrivain scénique remarquable et un psychologue réaliste tout à
fait impartial ; cette dernière qualité, lorsqu'elle est
donnée à un dramaturge, constitue pour lui un don
funeste. Et c'est ainsi que les œuvres de M. Becque
luttent nécessairement avec l'une des exigences éter-
ternelles et l'un des instincts de la foule ; avec
l'hypocrisie, le besoin d'un triomphe extérieur de
la vérité, triomphe qu'une assemblée de plusieurs
centaines de personnes ne manquent jamais d'exiger d'une œuvre dramatique.

Pour comble d'infortune, ce réaliste froid et objectif, qui aurait pu s'accommoder en Angleterre au
temps des Webster, des Massinger et des Ford, travaille pour le public de la seconde moitié du dix-
neuvième siècle, c'est-à-dire pour un public en qui
l'universelle et éternelle pruderie morale de la
masse acquiert une subtilité sans cesse plus exi-
geante, grâce à l'extraordinaire habileté des dramaturges de ce temps, qui ayant poussé à son comble
la maîtrise de la facture et de la forme, se soucient

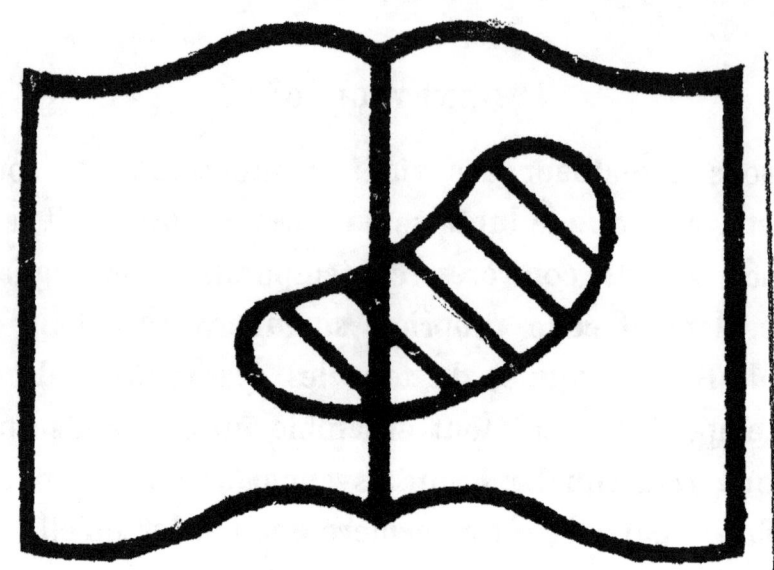

Illisibilité partielle

VALABLE POUR TOUT OU PARTIE
DU DOCUMENT REPRODUIT.

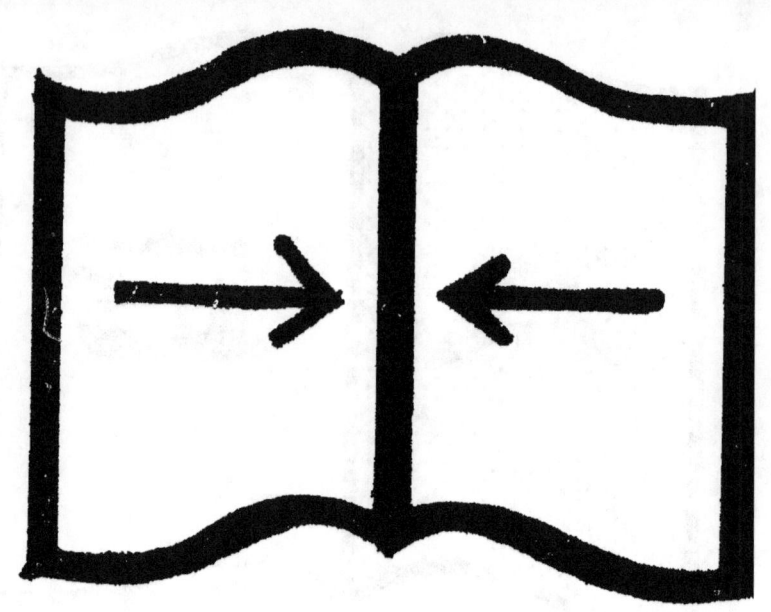

RELIURE SERREE
Absence de marges
intérieures

moins de la vérité impartiale et du coloris réel.
M. Becque, je le répète, n'est pas plus grand que
ses illustres collègues; il est neutre ; et c'est la mystérieuse cause de son insuccès relatif, du mauvais
vouloir du public à son égard. Mais ces traits de détails qui éveillent le dégoût et le mauvais vouloir
dans le grand public, motivent l'extraordinaire succès de cet écrivain éminent dans le monde artistique et littéraire. Impossible de nier que le courant
général du siècle est un courant pessimiste. Chaque
artiste veut représenter impitoyablement les choses
telles qu'elles sont. Après les créations exagérées de
la poésie romantique, après les doléances bruyantes et bavardes des grands artistes de l'époque précédente, l'élite du public s'est mise à exiger de tout
écrivain soucieux de sa réputation et de sa dignité
littéraire, une façon plus objective de considérer la
vie, et une amertume subjective moins universelle
encore que retentissante.

Avant tout nous exigeons que, dans une œuvre
littéraire, se montre l'immortelle beauté du vrai ; et
c'est pour ce motif que nous aimons mieux voir cette
œuvre imprégnée d'un pessimisme sobre, mais calme
et objectif, plutôt que de la voir colorée des teintes
roses de l'optimisme, à tout prix. Et de fait, devant
les terribles conditions de la vie humaine, devant la

souffrance, le malheur et la mort, devant l'injustice sociale et le scepticisme croissant, l'humanité ou du moins son avant-garde intellectuelle commence à perdre toute foi dans l'amélioration de l'existence présente ; elle comprend, par degrés, que la douleur est l'universelle, la toute-puissante, l'inévitable loi de notre vie, et peut-être son unique raison d'être. Aussi ne puis-je point partager l'indignation du camp conservateur, dans cette négation du pessimisme. La religion chrétienne ne s'appuie-t-elle pas sur une complète négation de la vie présente ? Est-ce que les saintes paroles du Sauveur qui ont renouvelé le monde, et à qui nous devons cette civilisation actuelle, ne promettent pas aux vaincus de notre vie la récompense d'une vie meilleure ? et n'est-ce pas justement parce que notre monde est à jamais assigné en pâture à cette triomphante force du mal ? Vous êtes chrétiens, et vous ne comprenez pas que le pessimisme, c'est-à-dire la négation de la vie, de ses joies mensongères, de ses vains idéaux, demain abattus, qu'un tel pessimisme est le premier de nos devoirs.

On peut, il est vrai, me répondre que les pessimistes contemporains n'ont point cette sainte et enviable foi dans la rémunération au delà du tombeau, des misères et injustices de ce monde : mais une

discussion de ce genre dépasse les limites et le but
de mon article.

Je dirai seulement que le pessimisme contemporain
trouve sa joie la plus vive et peut-être la seule, dans
les plaisirs de la création artistique, mais que la
littérature contemporaine devait nécessairement devenir pessimiste, sceptique, sombrement réaliste, attendu qu'elle résultait d'une conception négative de
la vie et du monde.

Car l'état psychologique de l'artiste, qui, étant
écrasé et malheureux dans sa vie personnelle, sait,
en artiste, recréer la douleur de l'existence, représenter toute la masse de la sottise et de la bassesse
et comprendre la puissance fatale des lois générales
du destin, cet état confine à la résignation. L'artiste
exprime sa protestation, sa plainte, son désespoir ;
les types fictifs qu'il crée sont, en un sens, le reflet
des types réels ; il se venge, pour ainsi dire, en retraçant les souffrances humaines, des souffrances
qu'il a subies. Oui, la vie est un affreux supplice, une
série de crimes et de sottises. Mais si la victime possède le moyen et la force d'exprimer son mépris ou
son désespoir, elle se sentira, en quelque sorte con-
solée, vengée. Les romantiques concevaient déjà de
cette façon le but de l'art : mais leur temps ne demandait pas encore un coloris réel et une exacte vé-

rité de vie. Aussi ont-ils pu exprimer leur pessimisme en des déclamations bruyantes et fausses :
les tendances esthétiques de l'époque ne permettent
plus au littérateur d'user de ces procédés surannés :
on ne veut plus ni tirades, ni grandes phrases à effets, ni hors-d'œuvre lyriques, ni réflexions de l'auteur sur ses personnages. On estime qu'une série de
figures, esquissées impartialement, présentées sans
nulles circonstances atténuantes, dans la stricte vérité
d'observation, qu'une image réaliste, objective et
calme de la vie, contient plus d'amertume, d'ironie,
de révolte profonde et silencieuse que les plus for-
cenées tirades byroniennes.

Le pessimisme, dans l'art contemporain, s'accompagne partout du besoin d'un coloris réel, d'une philosophie résignée, tranquille et fière. Les derniers
produits de la littérature, en France, en Italie, en
Angleterre, chez nous aussi, pourraient nous fournir mille exemples. Cette question a, d'ailleurs, été
épuisée dans les brillants articles de l'un des plus
grands talents de la critique contemporaine, M. Jules
Lemaitre, dont les études littéraires publiées sous
le titre de *les Contemporains*, appartiennent aux
chefs-d'œuvre de la critique française, tant elles ren-
ferment de profonds aperçus, de vues heureuses, de
fines et justes appréciations. J'espère pouvoir parler

bientôt plus longuement de ce rare critique, dont le
sage éclectisme, la douce philosophie, et le sentiment esthétique incomparable, exerceront une influence considérable sur le développement ultérieur
de la littérature française. Aujourd'hui je puis seulement engager mes lecteurs à chercher dans les
feuilletons dramatiques du *Journal des Débats*,
l'appréciation du caractère ensemble pessimiste et
réaliste de toutes les âmes contemporaines. Le lecteur
sentira aussitôt que ce que M. Lemaître dit si brillamment des écrivains français est vrai aussi pour
nos jeunes écrivains polonais, et, en général, pour
toute la jeune génération de tous les pays européens.
Mais il reconnaîtra aussi, ne serait-ce qu'après
avoir lu mon article, que nul artiste ne satisfait ce
besoin de réalisme et de froid pessimisme autant
que M. H. Becque.

Mais comme le grand public a, jusqu'ici, une autre
idée du but et des moyens de l'art, — et l'auteur de
ces lignes ne s'en offense nullement — si tant est
qu'il vaille la peine de s'offenser pour quoi que ce
soit — il est clair que les comédies de M. Becque,
réalisant, le plus exclusivement, les tendances de
l'élite intellectuelle, pouvaient plaire seulement à un
petit groupe de littérateurs de profession, qui ad-
mettent ces tendances et ont si rarement l'occasion

de les voir incarnées sur la scène, au point d'en venir à mépriser, le plus injustement du monde, la production théâtrale tout entière, ne comprenant pas, sans doute, que la poésie dramatique doit parler à l'esprit et au cœur de tous.

Il y a — c'est incontestable — un abîme entre les goûts des artistes et des dilettantes raffinés et les goûts du grand public ; mais quel remède pourraient y apporter les dramarturges qui sont venus au monde dans une époque fort peu favorable au développement du génie dramatique ?

C'est un problème assez alarmant pour ceux qui voient dans la synthèse dramatique une des formes les plus hautes de la création esthétique.

On peut cependant espérer que des chefs-d'œuvre tels que les comédies de M. Becque, réunissant tout ce qui peut séduire les spectateurs d'élite, ennemis du théâtre, et le public habituel des spectateurs, se distinguant tout ensemble par leur valeur littéraire, scénique et philosophique, atténueront par degrés cet antagonisme entre les goûts des deux camps du public, et resteront dans l'histoire littéraire comme les premières manifestations de la prochaine époque d'un art dramatique permettant de nouveau à un peuple entier l'enthousiasme devant une œuvre unique du génie théâtral, ainsi qu'il en était en

Grèce au temps de Sophocle, en Angleterre au temps de Shakespeare, en Espagne au temps de Calderon (1).

(1) L'œuvre de M. Becque a été analysée bien des fois, d'une façon magistrale. Je signalerai surtout l'étude de M. Lacour, très belle et très complète, l'admirable article de M. Vitu sur la *Parisienne* et l'exquise chronique consacrée à cette comédie par M. Ganderax dans *la Revue des Deux-Mondes*.

PAUL BOURGET

PAUL BOURGET

Si l'on demandait à l'auteur de ces lignes ce qu'il admire le plus dans les nouvelles conquêtes scientifiques de notre temps, il répondrait sans hésiter : le developpement de la critique littéraire. Ce développement découle évidemment du courant général de l'intelligence en ce siècle, du courant qui, dans les sciences naturelles, a remplacé l'ancienne téléologie par la doctrine de l'évolution graduelle, qui, dans l'histoire, a remplacé l'ancienne déterminaison par la foi à l'omnipotente influence des conditions sur la conformation physique et morale des groupes comme des individus, et c'est elle encore qui, dans les sphères littéraires, renversant les vieilles tendances utilitaires, a introduit comme moyen et comme idéal d'art la seule objectivité scientifique.

L'introduction de cet élément nouveau de l'objectivité a bouleversé la critique. Si j'avais à esquisser l'histoire de la critique contemporaine, je dirais avec l'auteur des *Essais de psychologie contemporaine,* que le trait distinctif de cette critique nouvelle est l'application aux sciences dites morales ou psychologiques de la méthode inductive et analytique des sciences naturelles. Comme le dit M. Bourget dans son article sur M. Taine,

« Si je veux étudier la personnalité d'un grand écrivain, je ne procéderai pas autrement qu'un chimiste placé devant un gaz ou qu'un physiologiste en train d'étudier un organisme. Je dresserai, par voie d'observation, une liste de petits faits qui constituent cet écrivain ; et cette liste une fois dressée, je déterminerai, par voie d'induction, les faits dominateurs qui commandent les autres, comme dans un arbre les plus grandes branches commandent aux moindres. Ces quelques faits initiaux et générateurs une fois trouvés, il reste à les rattacher à d'autres encore qui soient plus haut placés dans la hiérarchie des causes. Cette imagination particulière à l'homme est due à l'hérédité. Dans l'individu il s'agit donc de déterminer la race. Le développement de la race tient lui-même à des conditions spéciales de milieu.

Arrivé à ce degré, il est possible de monter plus haut encore, et de rattacher à un fait suprême, loi générale de l'esprit, tous les faits petits ou grands dont nous avons suivi la filière... »

Dans cette définition de la critique contemporaine par l'un de ses plus brillants représentants, je trouve l'essence même de l'esprit et de la méthode de ce critique. Cet extrait du livre de M. Paul Bourget témoigne déjà de la profondeur et de la pénétration de ses vues. Et de fait la critique littéraire contemporaine est arrivée à un état de perfection que n'auraient même pu rêver les esthéticiens des anciennes générations. Le critique considère l'œuvre qu'il veut juger comme une manifestation intellectuelle : il cherche les motifs qui l'ont provoquée, les résultats qui en sont sortis. Ni d'enseigner, ni de moraliser, il n'en a le droit. « La critique expose, elle n'enseigne pas » a dit M. Zola dans ses *Documents littéraires.* Sainte et grande vérité, trop souvent oubliée ! Si même un critique avait le droit de moraliser, ses sentences moralisatrices ne seraient-elles pas nécessairement dénuées de sens ? Heureuse ou manquée, morale ou immorale, l'œuvre littéraire n'est que l'expression d'un côté du tempérament de l'auteur, qui évidemment ne peut se modifier pour complaire à ses juges.

6

Ce tempérament, à son tour, résulte de l'influence des milieux, des races, des circonstances : choses qui toutes le motivent et que lui, à son tour, reflète dans ses produits. Toute œuvre d'art a donc sa raison d'être dans le caractère de l'auteur et dans l'état de civilisation qui l'entoure. Découvrir cette raison d'être, l'exposer impartialement au lecteur, c'est toute la tâche du critique ; tâche difficile et précieuse, mais dont le profit, suivant une autre expression heureuse de M. Zola, dérive de la vérité qu'elle apporte. Etudions donc dans les œuvres d'un artiste la personnalité de leur auteur. Elle nous fera connaître l'époque où elle se développait et l'époque elle-même éclairera pour nous le sens exact de l'œuvre, son génie, son coloris, son but. En suivant cette voie, la critique littéraire élargit les cadres de son analyse et la sphère de son influence : elle devient sans cesse davantage la chronique des événements littéraires dans leur développement, et en même temps l'histoire des tendances et des situations sociales contemporaines de ces événements. La critique ainsi entendue ne mérite-t-elle pas le nom de science, dans le sens le plus noble de ce mot ? Est-t-il science plus belle, plus élevée, plus féconde ? La science de la critique n'est-elle pas supérieure à l'histoire elle-même en ce qu'elle ne s'embarrasse pas des détails des faits matériels, et ne considère que les faits intimes, qui motivent tout le reste ?

Jamais une révolution intellectuelle n'est l'œuvre d'un individu ; aussi ne peut-on nommer le créateur de cette nouvelle critique littéraire. Elle est, je le répète, le produit de l'esprit de l'époque, de l'esprit nouveau qui a introduit le réalisme dans l'art, qui, dans la philosophie, a créé le génial système de l'évolutionisme. Il a dû pourtant se trouver, dans la sphère de la critique littéraire, un homme qui a définitivement renversé le vieux système annulé, pour y substituer officiellement la forme nouvelle répondant aux tendances nouvelles ; ces tendances que M. Bourget définit à merveille : « le souci de doubler l'étoffe brillante de l'imagination avec l'étoffe solide de la science. » Ce réformateur, ai-je besoin de le nommer ? est M. H. Taine, l'incomparable auteur de l'*Histoire de la littérature anglaise* et de la *Philosophie des Beaux-Arts.*

Avant lui déjà nous voyons les pressentiments de la réforme critique ; nous les voyons surtout en Sainte-Beuve, écrivain admirable, trop apprécié des uns, trop peu des autres, mais trop peu lu de tous. Mais c'étaient encore des pressentiments, des efforts de transition, et nul fil intérieur ne les reliait. La gloire de l'inauguration définitive de la critique nouvelle, de son expansion complète, revient entièrement à M. Taine.

Dans le cas présent donc, comme dans toutes les questions intéressant l'art, nous voyons que la France reste la patrie de la civilisation européenne. Elle a repris ce rôle ancien de directrice et d'initiatrice. Depuis lors les idées de M. Taine ont imprégné toute la critique européenne, changeant à jamais le critérium, le ton, les usages de la critique littéraire. Cette victoire était fatale : elle concordait avec l'atmosphère intellectuelle de notre époque. Nous le constatons comme un fait accompli, et n'exigeant aucun commentaire. La littérature possède aujourd'hui, dans tous les pays, des critiques dignes de ce nom, non seulement des imitateurs mais des collaborateurs de M. Taine. Ai-je besoin de citer des noms ? C'est en Allemagne Brandès, Scher Carrière, Hettner, Gervinus, en Italie Celesia, Bartoli, Alexandro d'Ancona, Gubernati, Capuana, Massarani, Amicis, en Angleterre Macaulay, Buckle, en Russie Dobrolioubof, Grigorief, et, parmi les vivants, Pypine, Arseniew, Boborykine, Souworine, Skabitchwski, Bourénine, Zagoulaiev, Weinberg, Gnéditch ; en Pologne, Spasovicz, Bogustawski, Sarnecki, Chmieloroski Kotarbinski, Jeske Choinski, Wislicki, et maints autres.

En France — chose surprenante — un long temps s'est passé sans qu'ait apparu nul écrivain pouvant être considéré comme le successeur du talent et de l'autorité du Maître. C'est maintenant seulement que nous reprenons espoir. Ce successeur de M. Taine sera un jeune critique encore inconnu en Pologne, et réservé (j'en ai la profonde conviction) à une haute renommée européenne. M. Paul Bourget avait déjà la solide réputation d'un poète éminent lorsqu'il a fait paraître un volume d'études littéraires sous ce titre : *Essais de psychologie contemporaine.* Ces études, en outre du rare talent qui les caractérise, doivent nous intéresser à cause de l'unanime curiosité qui les a accueillies. C'est qu'elles apportent une note toute subjective et toute originale dans la méthode de la critique française, et apparaissent comme une phase nouvelle dans le développement de cette méthode qu'a glorieusement inaugurée M. Taine.

Je voudrais faire connaître aux lecteurs polonais le talent littéraire de M. Bourget, mais surtout indiquer et analyser les côtés de son talent qui nous permettent d'appeler l'auteur de l'admirable nouvelle *Deuxième amour,* un critique novateur.

6.

I

Dans une courte préface préface précédant les cinq études qui forment le livre, l'auteur exprime ses vues sur le but et les moyens de la critique littéraire, nous laissant voir tout ensemble la portée de son œuvre, et la perfection de sa méthode. Il prévient le lecteur que son livre ne renferme pas de jugements esthétiques. Et il ajoute : « Les procédés d'art n'y sont analysés qu'autant qu'ils sont des signes... J'ai voulu rédiger quelques notes capables de servir à l'historien de la vie morale pendant la seconde moitié du dix-neuvième siècle. »

Prenant pour point de départ le vieil axiome de l'influence réciproque de la littératnre et de la vie, de leur liaison étroite et nécessaire, le critique affirme avec raison que, dans le nombre des éléments qui constituent la physionomie d'une époque, l'élément le plus important est la littérature. Comme il le dit en son style merveilleux : « Le livre devient le grand initiateur. Il n'est aucun de nous qui, descendu au fond de sa conscience, ne reconnaisse qu'il n'aurait pas été tout à fait le même s'il n'avait pas lu tel ou tel ouvrage, poème ou roman, morceau d'histoire ou de philosophie. »

Le but de l'auteur apparait clairement, dans une langue brillante et nourrie, où se reflètent de longues et bien aimées études métaphysiques ; le lecteur devine de suite qu'il a devant lui une œuvre rare et originale, tout au moins curieuse. Mais l'auteur, comme s'il voulait exciter davantage encore la sympathique curiosité, termine son bref avant-propos par une image si touchante et vraie dans sa simplicité que le lecteur y trouve l'explication des tendances du volume entier mieux qu'il ne l'eût trouvé en toute exposition abstraite et dogmatique.

« A cette minute précise, et tandis que j'écris cette ligne, un adolescent que je vois s'est accoudé sur son pupitre d'étudiant, par un beau soir d'un jour de juin. Les fleurs s'ouvrent sous la fenêtre, amoureusement. L'or tendre du soleil couché s'étend sur la ligne de l'horizon, avec une délicatesse adorable. Des jeunes filles causent dans le jardin voisin. L'adolescent est penché sur son livre, peut-être un de ceux dont il est parlé dans ces essais... Qu'il ferait mieux de vivre ! disent les sages !... Hélas ! c'est qu'il vit à cette minute, et d'une vie plus intense que s'il cueillait les fleurs parfumées, que s'il regardait le mélancolique Occident, que s'il serrait les fragiles doigts d'une des jeunes filles. Il puise tout entier daus les phrases de son auteur préféré. Il converse avec lui de cœur à cœur, d'homme à homme. Il l'écoute prononcer sur la manière de goûter l'amour, et de pratiquer la débauche, de chercher le bonheur et de supporter le malheur, de dévisager la mort et l'au-delà ténébreux du tombeau, des paroles qui sont des révélations. Ces paroles l'introduisent dans un univers de sentiments jusqu'alors aperçus à peine. De cette première révélation à imiter ces sentiments, la distance est faible, et l'adolescent ne tarde guère à la franchir. »

Saintes paroles, car elles sont senties profondément. Ce jeune homme, nous l'avons été tous, le seront tous ceux dont l'avenir fera des penseurs, des conducteurs de peuples, des artistes, ceux dont le sens créateur, fatalement provoqué par les conditions du milieu, de la race, et des circonstances servira un jour, à son tour, à la formation des générations nouvelles. Et le lecteur extasié non seulement de l'originalité de la conception de M. Bourget, de son coloris scientifique, du ton calme de son raisonnement, mais aussi par le charme poétique de la comparaison choisie par le critique, de cette comparaison qui réveille en chacun les vieux souvenirs des espoirs et des rêves, le lecteur ouvre le livre lui-même avec un bien sincère désir d'y trouver l'explication psychologique de l'activité créatrice, si mystérieuse, des grands écrivains qui sont aujourd'hui les guides et les maîtres des jeunes esprits. Et les noms des écrivains qu'à choisis M. Bourget, synthétisent incontestablement les grands courants littéraires de cette seconde moitié de notre siècle.

II

De tous les poètes français aucun peut-être ne produit sur le lecteur une impression aussi bizarre et pourtant aussi séduisante que Charles Baudelaire, auquel M. Bourget a consacré ses premières études, et dont le chef-d'œuvre les *Fleurs du mal*, peu connu chez nous, est déjà rangé en France au nombre des chefs-d'œuvre presque classiques de la nouvelle littérature. Certains écrivains ont eu une influence plus visible ; Taine, Balzac ou Stendhal, par exemple. Mais aucun n'attire d'un charme plus magnétique et plus impérieux, « Et tes yeux attirants comme ceux d'un portrait » ce vers miraculeux caractérisant pour Bandelaire le regard d'une de ces enchanteresses qui se dressent au-dessus de son amère poésie comme des figures supraterrestres, ce vers miraculeux enferme tout le mystère de l'inquiétante beauté des vers de Bandelaire. Comme le dit M. Bourget « une dangereuse curiosité force l'attention et invite aux longues rêveries devant ces énigmes des poètes ; et à regarder longtemps l'énigme livre son secret. Celui de Baudelaire est le secret de plus d'un d'entre nous. Il y a bien des chances pour qu'il devienne le secret aussi du jeune homme qui se complaît dans cette lecture inépuisable en révélations. »

Quelle heureuse définition de cette beauté, en apparence, indéfinissable ! Oui, le charme de Baudelaire résulte non seulement de la profondeur de ses données philosophiques, de la force de son inspiration, de la plasticité parfaite de ses vers, mais surtout des caractères mystérieux de sa poésie, de l'étrange alliance des éléments psychiques les plus hétérogènes, et, au premier abord, les plus contradictoires. La poésie de Baudelaire doit enchanter les âmes, ne serait-ce que parce que dans sa poésie persiste un reflet du mystérieux sourire des sphinx antiques.

L'auteur de ces lignes appartient depuis longtemps au nombre des chauds et sincères admirateurs

du poète : mais j'avoue ne l'avoir pleinement compris qu'après la lecture de la magistrale étude de
M. Bourget. Les contradictions de la nature du poète
ont cessé de me choquer ; la morbidesse de son lyrisme m'est apparue comme le produit naturel d'un
état psychologique contemporain. Et je voudrais précisément montrer de quelle façon le critique analyse
cette nature bizarre et énigmatique du poète, comment il déduit son œuvre de quelques traits caractéristiques de son tempérament intellectuel. Mes
lecteurs pourront alors apprécier le critérium de
M. Bourget, et la portée de son système d'analyste.

Le critique cherche d'abord à éclairer les frap-
pantes contradictions que présente, dans Baudelaire,
la conception de l'amour. L'amour a été et sera le
thème principal de toute poésie, mais chez cet
homme étrange, que ses compatriotes eux-mêmes ne
comprennent pas, l'amour revêt successivement
toutes les couleurs dont il est capable. L'amour,
pour Baudelaire, est tout ensemble mystique, luxurieux, et analytique. Cet amalgame d'aspect singulier
et maladif, était motivé par les conditions réelles qui
ont influé sur l'âme sensible du poète. Baudelaire
était un mystique ; la lecture des *Fleurs du Mal* nous
le montre évoquant, aux heures noires de son pessimisme, d'étranges visions surnaturelles. Ce qui est

plus curieux et moins clair, ce sont les sources intimes de ce mysticisme chez un poète connu par ses
lascifs et luxurieux tableaux. Ne reste-t-il pas, dans
notre époque de négation, assez de catholicisme, se
demande justement M. Bourget, pour que l'âme d'un
enfant s'imprègne à jamais de mysticisme. Cette demande contient déjà la réponse à la contradiction qui
nous choquait. La foi disparaît, mais le mysticisme
comme une habitude intellectuelle et cette tendance
mystique se retrouve dans toute l'œuvre de Baudelaire. D'après la prodigieusement belle comparaison
de M. Bourget, le parfum des fleurs devient, pour
Baudelaire, le parfum de l'encens. Si l'homme n'a
plus le même besoin intellectuel de croire, dit
M. Bourget, il a conservé le besoin de sentir comme
au temps où il croyait. Les docteurs en mysticisme
avaient constaté cette permanence de la sensibilité
religieuse, dans la défaillance de la pensée religieuse.
On peut citer chez Baudelaire d'étranges exemples de
ce culte : ainsi l'emploi d'une terminologie liturgique
pour s'adresser à une maîtresse et célébrer une vo-
lupté : Je veux bâtir pour toi, Madone, ma mai-
tresse, un autel souterrain au fond de ma détresse,

Un des traits les plus étranges du poète cesse donc
d'être une énigme. Nous comprenons pourquoi Baudelaire était un mystique, comment il gardait le re-

flet des premières splendeurs de la foi catholique.
Et cependant le même Baudelaire est, par excel-
lence, le poète de la luxure, de la dépravation raffinée. Je ne sais point d'écrivain qui ait su orner la
débauche d'un coloris plus attirant. Le poète a besoin des impressions sensibles : tout son être se rue
à leur recherche. Toute la gamme des sensualités a
un écho dans ses plus admirables créations. « Il
s'échappe un relent d'alcôve infâme (dit encore
M. Bourget) de ces deux vers du magnifique *Cré-
puscule du matin* :

> Les femmes de plaisir, les paupières livides,
> Bouche ouverte, dormaient de leur sommeil stupide.

Dans tous les vers consacrés à cette « Vénus
noire », qui a joué un rôle réel dans la vie de
Baudelaire, souffle le vent de la plus luxurieuse
passion ; et dans la célèbre description qui débute
par ces mots :

> A la pâle clarté des lampes languissantes,
> Sur les profonds coussins tout imprégnés d'odeurs...

les prêtresses de la débauche païenne retrouveraient
l'image des orgies antiques. Enfin, dans le poème
que M. Bourget (et je ne puis m'accorder avec lui sur
ce point) trouve le plus admirable de tous, dans *la
Martyre*, le poète, qui tout à l'heure adorait pieu-

7

sement son amante idéalisée, arrive à un degré de
sensualité que lui eût envié le marquis de Sade,
et se retournant vers sa maîtresse sanglante et
morte, parmi la tragique orgie, s'écrie, en cherchant
le motif du meurtre commis peut-être par l'amant :

> L'homme vindicatif que tu n'as pu, vivante,
>   Malgré tant d'amour assouvir,
> Combla-t-il sur ta chair inerte et complaisante
>   L'immensité de son désir ?

Il est, je crois, malaisé d'arriver à plus d'art dans
un tragique pornographisme (qu'on me passe ce
mot, mais je n'en vois pas d'autre). Ce côté de passion, constant chez Baudelaire, s'explique si l'on se
rappelle les conditions de sa vie. Il était fils du dix-
neuvième siècle, écrivain et Parisien, et ainsi tout
le poussait nécessairement vers les transports sen-
suels. Ses poèmes se développent le plus souvent
sur des sujets empruntés aux mœurs parisiennes.
Je ne veux pas répéter, avec M. Bourget, que le
poète a éprouvé lui-même tous les raffinements de
sensualité qu'il exprime : le témoignage des nombreux amis de Baudelaire, notamment du célèbre
poète M. de Banville, y contredisent formellement.
Mais il est incontestable que le traducteur de Poe a
mené une vie fiévreuse, malsaine, anormale; que
les hoquets de dégoût qui si souvent terminent ses

lyriques poèmes, lui ont été suggérés par des souvenirs personnels de débauche.

Il faut donc donner raison à M. Bourget dans son
jugement sur la sensualité de Baudelaire. Désespéré
par la mort de toutes ses illusions, il a cherché dans
l'art, comme dans la vie, ce spasme sensuel qui
guérit pour un moment du mal de penser. Mais
Baudelaire était, avant tout, un écrivain de voca-
tion, l'écrivain d'une époque d'observation froide
et scientifique. Il a donc dû mener l'existence cruelle
de l'écrivain qui analyse toutes choses, et soi-même
plus que tout. Aussi, dans l'emportement de ses passions, son intelligence est-elle toujours restée impitoyablement froide et objective.

« La mysticité comme le libertinage se codifient
dans ce cerveau, qui décompose ses sensations avec
la précision d'un prisme décomposant la lumière.
Le raisonnement n'est jamais entamé par la fièvre
qui brûle le sang, ou par l'extase qui évoque les
chimères. Trois hommes à la fois vivent dans cet
homme, unissant leurs sensations pour mieux pres-
ser le cœur et en exprimer jusqu'à la dernière
goutte la sève rouge et chaude. Ces trois hommes
sont bien modernes, et bien moderne aussi est leur
réunion. La fin d'une foi religieuse, la vie à Paris
et l'esprit scientifique du temps, ont contribué à

façonner, puis à fondre ces trois sortes de sensibi-
lités, jadis séparées jusqu'à paraître irréductibles
l'une à l'autre, et maintenant liées jusqu'à paraître
inséparables, au moins dans cette créature, sans
analogie avant le dix-neuvième siècle français, qui
fut Baudelaire. Et de ce triple travail est sorti aussi
le flot de spleen le plus âcre et le plus corrosif qui
ait depuis longtemps jailli d'une âme d'homme. »

Oui, car Baudelaire est un pessimiste, et sa façon
négative de considérer toutes choses constitue le
second trait de son génie. Comme Lamennais, le
poète aurait pu dire : « Je suis né avec une âme
blessée. » M. Bourget insère ici des considérations
magistrales sur le désastreux développement du
pessimisme dans les jeunes âmes contemporaines,
de ce pessimisme qui a trouvé peut-être sa plus surprenante expression dans les admirables vers de
Baudelaire.

Une première question se présente : le doute et
le découragement sont-ils nécessairement nuisibles
et blâmables ? Il n'y a cependant, observe l'auteur,
ni des sentiments louables ni des sentiments blâmables : il n'y a, pour l'observateur scientifique,
que des états psychologiques déterminés. En effet,
dans nos talents, nos vertus ou nos vices, il n'y a
que des combinaisons inévitables et normales, sou-

mises à la loi — aujourd'hui presque connue — de
l'association de nos idées. Si nous considérons à ce
point de vue l'activité psychique de l'homme, nous
apercevrons facilement le motif de la constante exten-
sion du pessimisme. Plus les désirs de l'homme sont
complexes, plus il lui est difficile de trouver des
conditions lui permettant de les réaliser. L'être humain, à un certain degré de civilisation, exige l'accord de la vie avec les tendances de son esprit :
exigence impossible à réaliser si l'esprit est trop
raffiné. Le malheur apparaît alors aux yeux de
l'homme dans toute l'horreur de sa fatalité tragique.
De là cette foi, cruellement logique, au pessimisme,
qui éclate dans la nouvelle métaphysique allemande.
De là un courant général de mélancolie qui se ré-
pand à travers l'Europe. « Une nausée universelle
devant les insuffisances de ce monde soulève le
cœur des Slaves, des Germains et des Latins, et se
manifeste, chez les premiers, par le nihilisme; chez
les seconds, par le pessimisme ; chez nous, par de so-
litaires et bizarres névroses. Les livres de Schopenhauer, les furieux incendies de la Commune et la
misanthropie acharnée des romanciers naturalistes
révèlent ce même esprit de négation de la vie qui
chaque jour obscurcit davantage la civilisation occidentale. » Nous voyons à quelle hauteur de vues

s'élève M. Bourget dans son analyse de l'œuvre d'un poète dont toute la gloire repose sur un unique petit volume de vers. La lecture de cette étude nous montre pleinement l'impossibilité de toute autre critique, la surannéité de la vieille méthode arbitraire. Et M. Bourget nous apparaît le précurseur d'une génération nouvelle de critiques.

Par le pessimisme général du siècle, par la nature malsaine de la société environnante, par des conditions de famille spécialement douloureuses, M. Bourget explique la formation du scepticisme désolé de Baudelaire. Mais pour compléter sa thèse (si un tel mot convient à une œuvre si essentiellement objective), le critique établit deux sources intimes du pessimisme de Baudelaire. C'est d'abord que Baudelaire a été une âme impérieuse et rare, un être dénué de tout élément superficiel ou vil. Un tel être aime, sent, croit, doute, avec toute son âme : il n'admet ni compromis ni situations moyennes. Baudelaire était, de tempérament, un mystique et un croyant ; les circonstances ont tué en lui cette ardeur native de la foi. Sa haute et pénétrante raison, ainsi parvenue à l'athéisme, n'a pu adopter une foi mensongère aux misérables dogmes d'invention humaine, à ces utopies du progrès, de la fraternité, etc. Si la source fondamentale du bien n'est qu'une invention subjective, tout ce qui semblait résulter de sa parfaite action apparaît maintenant comme une cruelle dérision de la nature. La vie perd son auréole, sa finalité, son espoir d'immortalité. La lutte du progrès contre ses éternels ennemis perd toute chance de triompher. Et l'âme du poète est envahie d'un désespoir infini, persistant, dépourvu de tout remède comme de toute consolation.

Ainsi le travail intérieur du génie de Baudelaire devait le conduire à cette négation de la vie, qui ne résulte pas du contre-coup de malheurs personnels, mais de la vue de l'universel malheur.

Hélas ! au même pessimisme le poète est encore amené par cette luxure, qui, sans voir son erreur, s'acharne à la recherche d'un idéal mensonger. Chacun de nous a en lui une âme et un corps, l'ange et la bête de Pascal. Mais les joies des sens ne sauraient apaiser le désir d'une âme comme celle de Baudelaire. D'ailleurs, la réflexion tue en nous l'aptitude à profiter des grossières impressions physiques. Le misanthrope raffiné de notre âge de décadence possède rarement la santé qui permet à un homme de faire tenir toute sa vie dans la vie de ses sens : les âmes comme celle de Baudelaire s'accompagnent le plus souvent d'une sorte d'impuissance sensible, résultat fatal de leur développement intellectuel exagéré. Les hommes trop intelligents se font un idéal trop haut des jouissances de la passion, de même qu'ils se font un irréalisable idéal de perfection morale. Et le spleen intellectuel d'un Baudelaire se surcharge d'un spleen physique. Nul n'a plus amèrement montré l'inanité de la luxure. Et je ne connais pas de plus affreux désespoir que celui qui doit déchirer le cœur de l'athée qui, ayant perdu toute confiance en toute chose, se détournant de Dieu qu'il tient pour un produit de son imagination, découvre aussitôt son impuissance physique et se voit fermer le paradis idéal de la jouissance corporelle infinie. Dans la situation d'un matérialiste radical qui comprend enfin que la matière, à son tour, est incapable de donner le plaisir, dans cette situation je trouve le sujet d'une admirable étude psychologique, qui symboliserait le drame de milliers d'existences. Et il n'y aurait pas à une telle étude d'épigraphe plus appropriée que ces derniers vers des *Fleurs du mal*, où s'exprime l'essence du pessimisme des âmes contemporaines :

> Pour ne pas oublier la chose capitale,
> Nous avons vu partout et sans l'avoir cherché,
> Du haut jusques en bas de l'échelle fatale,
> Le spectacle ennuyeux de l'immortel péché.

Une conception toute subjective et par suite anor‑
male de l'amour, un pessimisme poussé à ses der‑
nières limites, enfin une subtilité surprenante de
sentiment, ces traits principaux de l'œuvre de Bau‑
delaire permettent de voir en lui l'écrivain typique
d'une époque maladive et agonisante. Baudelaire a
été le représentant le plus brillant de la littérature
décadente : et c'est tout le secret de son génie, mais
aussi de son caractère exceptionnel, de son incom‑
préhensibilité pour les âmes moyennes, de son
énorme influence sur les jeunes générations fran‑
çaises et sur les sommités intellectuelles de l'Europe.
M. Bourget, qui avait jusqu'ici analysé le méca‑
nisme de l'esprit de Baudelaire, arrive maintenant
aux conclusions de son étude, et trace un admirable
tableau de cet état de pourriture sociale qui se rat‑
tache à la figure de Baudelaire et explique ses con‑
tradictions. Je ne puis résister au désir de le citer.

« Par le mot de décadence, on désigne volontiers
l'état d'une société qui produit un trop grand
nombre d'individus impropres aux travaux de la
vie commune. Une société doit être assimilée à un
organisme. Comme un organisme, elle se résout en
une fédération d'organismes moindres, qui se ré‑
solvent eux-mêmes en une fédération de cellules.
L'individu est la cellule sociale. Pour que l'orga‑

.7.

nisme total fonctionne avec énergie, il est nécessaire
que leurs cellules composantes fonctionnent avec
énergie, mais avec une énergie subordonnée. Si
l'énergie des cellules devient indépendante, les organismes qui composent l'organisme total cessent pareillement de subordonner leur énergie à l'énergie
totale, et l'anarchie qui s'établit constitue la décadence de l'ensemble. L'organisme social n'échappe
pas à cette loi, et il entre en décadence aussitôt que
la vie individuelle s'est exagérée sous l'influence du
bien-être acquis et de l'hérédité. Une même loi
gouverne le développement et la décadence de cet
autre organisme qui est le langage. Un style de décadence est celui où l'unité du livre se décompose
pour laisser la place à l'indépendance de la page, où
la page se décompose pour laisser la place à l'indépendance de la phrase, et la phrase pour laisser la
place à l'indépendance du mot. Les exemples foi-
sonnent dans la littérature actuelle qui corroborent
cette féconde hypothèse. »

Hélas, dans ces mélancoliques réflexions de M.
Bourget, combien d'amères vérités. Et quelle profondeur de vues, quelle compréhension subtile du désespoir des penseurs à la vue de la tragique injustice
du sort ! Mais, pour en revenir à Baudelaire, nous
aurons vu que la propriété de sa nature et les con-

ditions de son développement lui ont permis de rester uniquement le poète des goûts étranges et des maladives passions d'une époque de transition. Le poète a compris cette vérité ; et non seulement il n'a pas cherché à entraîner les efforts de sa nature mais il a trouvé le trait dominant de son activité littéraire dans le développement de cette nature, la continuation à outrance de ses efforts. Là est la grandeur de Baudelaire. Là aussi son originalité typique, car comme l'a dit ailleurs M. Bourget, pour devenir un type, il faut pousser à sa dernière limite le trait distinctif de son tempérament. Ne luttons pas avec la fatalité de la nature, ne cherchons pas à devenir ce que nous ne pouvons être. Contentons-nous de la modeste sphère d'activité qui nous est accessible. Ainsi seulement nous risquons de créer une œuvre durable. Baudelaire a compris qu'il ne pouvait écrire que des choses malsaines. Il a traduit Edgar Poe, et sa traduction est immortelle. — Les Fleurs du Mal ne se faneront jamais, ne perdront jamais le charme de leurs morbides couleurs. Se résignant avec la résignation du sage aux irrésistibles élans de son tempéramment, il y a trouvé la source d'une suprême originalité. Et de fait, il y a peu d'artistes où le sujet et la forme des passions mises en scène et le milieu où elles se développent

ónt à un si haut degré le caractère d'une unité littéraire. Baudelaire a cherché obstinément tout ce
qui, dans la vie ou dans l'art, paraît maladif aux
esprits normaux. La saison qu'il préfère, c'est l'automne, dont les brumes, les pluies, le lugubre aspect
ont pour lui un charme indicible.

> Rien n'est plus doux au cœur plein de choses funèbres
> Et en qui de longtemps descendent les frimas,
> O blafardes saisons reines de nos climats !
> Que l'aspect permanent de vos pâles ténèbres !

La beauté féminine ne le séduit que lorsqu'elle
est encore non développée, ou lorsqu'elle est anormale.

> .....Et ton cœur meurtri comme une pêche
> Est mûr comme ton corps pour le savant amour.

Le milieu où le poète développe ses rêves sombres
et maladifs s'harmonise entièrement avec eux, les met
admirablement en valeur. De bizarres ameublements,
d'énervantes mélodies orientales, des lectures de poètes
épicuriens ou d'écrivains exceptionnels et presque
incompréhensibles pour la plupart des esprits tels
que Edgar Poe : ce sont les décorations habituelles
des vers de Baudelaire, les ambiances qui provoquent
son inspiration, cette inspiration que lui-même
nommait « morbide ou pétulante ». Et cependant

toute âme un peu jeune doit avoir de la sympathie
pour les angoises de cette individualité malade,
mais géniale, dans la vie duquel tout a été sympathique, même la recherche de formes bizarres et
originales, en haine de l'esthétique bourgeoise ou de la
morale philistine. Que vous soyez Allemand, Français,
ou, comme l'auteur de ce livre, Polonais, n'importe
la nationalité. Toute âme contemporaine trouvera
dans cette poésie le reflet de ses rêves, de ses doutes
et de ses désespoirs. Hélas ! le courant du scepticisme
a envahi la pensée de notre temps, et aucun de
nous, au moment des crises décisives de notre vie,
ne saurait émettre un *credo* défini ; ce malheur de
notre époque, ce symptôme de la décadence qui
approche, cet abîme séparant sans cesse les esprits
intelligents de la masse restée optimiste et croyante,
l'écrivain génial dont nous avons parcouru les
œuvres en a été non seulement le poète, mais encore
le théoricien. Et malgré que son influence directe
soit restreinte à quelques individualités d'un tempérament tout artistique, M. Bourget a eu entièrement le droit d'analyser son œuvre comme le représentant de l'une des catégories les plus curieuses
et les plus importantes des faits psychiques contemporains.

III.

Nous avons voulu montrer par cette analyse de la
première des études de M. Bourget la méthode qu'il
emploie, le coloris de sa manière, et ses tendances
critiques. Ces tendances se résument en une phrase :
M. Bourget, est aujourd'hui le plus éminent représentant des conceptions nouvelles de l'école
critique, qui ne voit dans l'œuvre d'art qu'un
phénomène intellectuel et social, motivé par les
conditions diverses de l'époque et du milieu, un
phénomène qu'il faut observer impartialement. Le
grand courant de ce signe scientifique a transformé
la critique littéraire ; il en a fait une science sérieuse,
féconde, universelle, une science qui, à l'aide des
livres, évoque une époque entière, avec son coloris,
ses mœurs, ses idées ; une science qui crée une énorme
synthèse de toute l'activité intellectuelle d'un temps
et d'un pays. Et cette science supérieure à toutes les
sciences est en même temps un art, au sens le plus
élevé de ce mot. Un critique doit aujourd'hui non
seulement posséder toutes les armes de la science,
mais encore être artiste, savoir sentir toutes les
formes de la beauté, toutes les formes successives de
l'art.

Pour un critique tel que M. Bourget la moralité, les tendances, les thèses d'une œuvre n'ont aucune signification immédiate. Ces choses ne peuvent nous intéresser qu'en tant qu'elles sont les signes extérieurs d'une certaine individualité. C'est seulement le côté psychologique qui peut nous intéresser dans une œuvre d'art ; car il n'est pas douteux que l'écrivain doit rester lui-même dans ses productions les plus diverses. Chacun de nous voit le monde à travers le prisme de son tempérament personnel; et le rêve d'une création tout objective, ce rêve de Flaubert, est essentiellement anti-scientifique. D'autre part, il est certain que l'organisation sensible des grands artistes est toujours typique. Si donc nous avons à déterminer la caractéristique d'un écrivain illustre, nous devons d'abord chercher en lui, dans son passé, les côtés subjectifs qui ont pu fortifier en lui l'influence des causes ambiantes. Puis avec le sang-froid de l'observateur, regardons comment s'est reflétée dans ses œuvres l'individualité ainsi formée de l'écrivain. Décernons-y quelques traits fondamentaux, d'où résultent les traits secondaires, et qui se motivent tous par le tempérament de l'auteur et les circonstances de son développement. Mais avant tout gardons-nous du ton doctrinal, du subjectivisme odieux, du révoltant dilettantisme, lorsque

nous exprimons nos jugements critiques. Ne disons
pas que cette école a raison, que tel objet est excellent et autres niaiseries de ce genre. Il n'est point
d'école qui ait absolument raison, toutes les
écoles ont toujours tendu à représenter la nature,
en employant, il est vrai, à ce but unique, des
moyens différents. Il n'est point de style excellent,
car les styles varient suivant les individus, le temps
et les pays. Et de même en littérature, il n'est point
d'écrivains pervertis ou moraux, respectables ou
méprisables : il n'y a que des individualités diverses,
incarnant divers états pychologiques. Cette vérité,
prouvée depuis longtemps par la science, est admirablement confirmée par le livre qui nous occupe. Cette
vérité constitue le but et l'essence de l'œuvre de
M. Bourget; et dans ce choix du point de vue psychologique on peut reconnaitre l'importance, la portée,
le charme des essais en question. Que l'on se rappelle
par exemple les traits caractéristiques qu'il a notés
en Baudelaire. Un critique ordinaire, ayant à parler de
ce poète célèbre, aurait pris une des méthodes em-
ployées dans ce cas. Ou bien il aurait vu en Baudelaire le représentant de l'affreuse démoralisation du
siècle, et il aurait écrit une longue philippique contre
lui ; ou bien, affectant le culte passionné de la forme, il
se serait extasié devant le talent poétique de Baude-

laire. M. Bourget a évité tous ces défauts, et si son étude sur le traducteur de Poe, comme d'ailleurs ses autres essais, sont d'essentiels chefs-d'œuvre, c'est parce qu'il étudie les artistes au seul point de vue psychologique. Pour que l'œuvre du critique puisse satisfaire aux nouvelles exigences des générations littéraires, il faut d'abord que le critique cherche dans la substance psychologique des choses qu'il analyse, les traits principaux, constants, qui constituent la caractéristique de l'écrivain. La sympathie de l'auteur, l'esprit de son époque éclaireront le développement en lui de ces traits primordiaux dont découle le genre de sa composition et de son style. C'est ainsi que M. Bourget comprend la critique littéraire, et c'est la méthode qui distingue les merveilleuses études dont j'ai voulu donner une idée. Si mes lecteurs n'ont pas emporté une impression heureuse, profonde, définitive, de l'article sur Baudelaire, la faute doit uniquement en échoir à l'auteur de ces lignes. Chez M. Bourget, la physionomie de Baudelaire comme des autres écrivains qu'il étudie, se dessine, malgré le caractère généralisateur des contours, si nettement et si admirablement que les plus abondants raisonnements des savants allemands ne sauraient jeter une plus vive lumière sur les procédés de leur création, sur la génèse de leurs âmes d'artis-

tes. Et, nous le répétons, l'analyse de ces procédés et
de cette génèse constitue l'unique raison d'être de
la critique. A quels prodigieux résultats peut conduire cette analyse, à la condition que l'auteur
y joigne un talent littéraire, nous le voyons excel-
lemment par le livre de M. Bourget, qui lais-
sera une trace ineffaçable dans l'histoire des lettres
françaises ; car il sera désormais impossible de ne
pas s'y appuyer si l'on veut connaître les cinq grands
écrivains qui ont fourni à M. Bourget l'occasion de
cinq étonnants chefs-d'œuvre. Peut-être mon impar-
faite analyse de l'étude de Baudelaire donnera-t-elle
quelque idée de la méthode de M. Bourget, des
éléments nouveaux qu'elle renferme. Gustave Flaubert, le génial auteur de *Madame Bovary*, accu-
sait, avec une part de justesse, l'école critique
dont le représentant typique est l'incomparable
M. Taine ; il disait que la critique, après avoir été
dogmatique, était devenue historique, mais qu'il
serait temps d'avoir enfin une critique vraiment
esthétique.

Je suis sûr que si ce grand écrivain, auquel la
littérature française doit le plus admirable des romans réalistes de ce siècle, pouvait ressusciter et
lire le livre de M. Bourget, il clamerait de sa voix
de stentor que ce critérium critique tant désiré, et

qui doit concilier les strictes exigences de la science
moderne avec les élans d'un goût sans cesse changeant, que ce genre de critique vient enfin d'être
découvert. Oui, et c'est aussi mon humble avis : le
livre de M. Bourget ouvre une nouvelle ère dans la
critique, une ère qui introduira dans toute la critique européenne la méthode analytique. La signification et la portée des études de M. Bourget sont
donc gigantesques : car ces études allient les lois
impitoyables de l'analyse scientifique avec la vibration de la conception intérieure de la beauté. Prenant
pour point de départ cette vérité que toute œuvre
d'art est le reflet de l'individualité de l'auteur, le
critique cherche avant tout dans une œuvre d'art
la psychologie de l'auteur, qui motive et présente ainsi le plus grand intérêt. Mais, pour atteindre
à ce but, le critique doit faire usage de tous les
moyens que lui fournit l'analyse scientifique : il doit
présenter à ses lecteurs le milieu, l'époque, en pro-
cédant toujours par voie d'induction, en conservant
un ton objectif, en restant l'historien, l'érudit, le
philosophe que doit être aujourd'hui, dans le siècle
de M. Taine, tout critique digne de ce nom. En quoi
donc consiste le progrès réalisé par M. Bourget ?
quel progrès apporte-t-il à la méthode de M. Taine ?
Le progrès consiste, je crois, dans une exposition

plus profonde des moteurs intimes, qui n'influent
pas moins sur le développement intellectuel de l'artiste que les moteurs externes. La critique nouvelle
devient sans cesse plus psychologique, sans cesser de
rester étroitement scientifique et inductive. Comme
le dit très justement M. Bourget, « on a tort de mé-
connaître l'une des deux sphères de notre imagination, et de ne voir dans l'humanité qu'une imagination purement physique, entièrement passive et
dépendante du monde extérieur. »

Dans l'indication de ce défaut de notre méthode
critique, à nous tous les disciples de M. Taine (je
ne parle pas du maître lui-même, qui est un des
génies universels de l'humanité), dans la correction
de ce défaut au moyen de l'analyse des motifs psychologiques, consiste précisément la portée de l'œuvre de M. Bourget. Combien d'éclectisme, de large
tolérance artistique, de fécondes conceptions de la
littérature, nous promet pour l'avenir cette nouvelle
école. Le critique, ainsi entendu, devient un philosophe et un penseur, pour qui le monde est une série
d'états en évolution, d'images et de vues successives;
pour qui le beau absolu est une chimère et toutes
les écoles littéraires sont égales, toutes étant le résultat inévitable de faits matériaux et psychiques.

Toute la donnée de la critique consiste à représenter cette sphère intérieure, à se pénétrer de ses attributs et à analyser alors l'œuvre elle-même. Le choix d'une autre méthode serait antiscientifique et irrationnel. Et il faut admirer à quel point M. Bourget se garde de tout jugement dogmatique lors même que la mode du jour semble le plus l'y inviter. Il s'acquitte magistralement de cette impartialité, qui est le premier devoir de la critique nouvelle. La critique ne doit pas, on ne saurait trop le répéter, préférer le style de tel écrivain à celui de tel autre. Elle ne doit pas dire, par exemple, que Joseph de Maistre est un écrivain idéal et Proudhon un écrivain abominable, parce que l'un est catholique, l'autre athée et socialiste. Elle ne doit pas dire que la méthode et le style de Madame Sand sont stupides, tandis que ceux de Flaubert sont admirables. M. Bourget ne manquerait pas d'expliquer aux fervents sectateurs de Flaubert que le style et la méthode de leur maître ne sont pas meilleurs que ceux de Madame Sand ; qu'ils sont simplement différents, comme aussi les personnes des auteurs. Il est donc faux de croire que la manière de Flaubert satisfait seule aux exigences de l'art : car alors que devront faire les talents parents de celui de Madame Sand, qui peuvent surgir aujourd'hui même? Si l'auteur de *Valentine* commençait maintenant sa carrière,

vous auriez beau lui répéter mille fois que l'art consiste uniquement dans le réalisme de *Madame Bovary*, elle ne pourrait jamais admettre ce réalisme,
que contredisent ses travaux, son caractère, sa nature d'artiste. La science contemporaine a définitivement établi que le caractère d'une œuvre dépend
des capacités de l'auteur à se créer des images intérieures, des images qui tendent à se reproduire au
dehors sous la forme concrète de l'art. Comme l'a
heureusement dit un autre jeune savant français,
M. Séailles, dans un livre qui a fait cette année un
gros émoi dans le monde savant de Paris, *l'Essai sur
le génie dans l'Art,* une œuvre très longue et très
belle, consacrée aux questions de la création artistique: « A toute impression des sens correspond
une image. Cette image à son tour est vivante, elle
agit. Et dans le rapport de l'image au mouvement et
à l'esprit est contenu le germe de l'art. »

Cette définition, consacrée par les dernières découvertes de la science psychologique contemporaine,
fournit encore un argument irréfutable à ma thèse.
Si la capacité de l'artiste dépend uniquement de son
aptitude à évoquer des images, peu importe de
quelle façon ces images se forment dans l'esprit de
l'auteur, pourvu qu'elles arrivent à la plénitude de
leurs contours esthétiques. Je veux dire par là

qu'exiger l'identité de toutes les œuvres d'art est
une pure invraisemblance. Il restera toujours deux
groupes opposés et irréductibles : les esprits qui raisonnent par induction, et ceux qui raisonnent par
l'analyse déductive. Un artiste peut être grand dans
l'une ou dans l'autre de ces deux catégories ; mais
ses œuvres, suivant qu'il aura tel ou tel tempérament, porteront un coloris différent. Vouloir enfer-
mer toutes les individualités littéraires dans la
sphère de l'observation réaliste est un non-sens. Le
tempérament de l'un le porte à analyser la réalité ;
le tempérament de l'autre le conduit à la synthèse.
L'homme qui raisonne par induction, s'il a un talent littéraire, montrera d'un coup la figure de son
héros, résultant, il est vrai, d'une longue observation, mais sous un aspect original et typique. L'é-
crivain de tempérament déductif nous présentera
une figure également appuyée, peut-être, sur l'observation, mais incarnant une thèse abstraite ou
philosophique. Il va de soi que ces deux œuvres
seront aussi différentes que les tempéraments de leurs
auteurs. Mais en résulte-t-il que l'une d'elles soit
inférieure à l'autre ? Nullement. L'unique question
est celle de savoir si l'auteur a du talent, s'il sait
exprimer artistiquement sa nature spéciale, si l'i-
mage qu'il nous offre a ou non un fond de vie.

Prenons un exemple : c'est la méthode la plus rationnelle. Il est clair que chez le plus sympathique des romanciers français, M. Daudet, les épopées de la vie enfantine ont été écrites en dehors de toute tendance sociologique. Assurément l'auteur désirait volontiers une amélioration introduite dans le sort de martyrs comme *Jack* et le *Petit Chose*. Mais son œuvre porte un caractère tout expérimental. Dans l'esprit de l'auteur, au contact de ces douloureuses expériences, a surgi l'image d'un enfant abandonné et désespéré ; et cette image a revêtu la forme immortelle d'une figure humaine dans Jack ; sans que M. Daudet ait songé à produire par son livre une révolution dans le fatal engrenage des faits sociaux contemporains.

Prenons maintenant un célèbre écrivain anglais, celui qui offre avec M. Daudet le plus de parenté intellectuelle. Le lecteur a deviné que je veux parler de Dickens. Est-ce que chez l'éminent auteur de *Bleak-House*, les figures des petits rivaux de martyre de Jack, est-ce que ces figures ne sont pas une virile protestation humanitaire, une œuvre de philosophie sociale ? L'écrivain anglais, en écrivant son œuvre, a eu en vue des buts sociologiques et politiques : il a rédigé un pamphlet philanthropique, ou tout au moins un roman à tendances très marquées, subordonnant.la réalité aux besoins de sa thèse. Et cependant *David Copperfield* et *Olivier Furst* sont des types en chair et en os, des personnages d'une haute portée réelle, vivant d'une vie impitoyablement vraie, symbolisant seulement le triomphe de la méthode déductive. Si nous voulons prendre un autre exemple, il est évident que Flaubert, dans *Madame Bovary*, n'a voulu résoudre aucune question, et que M. Dumas fils est arrivé, dans la *Femme de Claude*, aux dernières limites du symbolisme des tendances. Et cependant Césarine, dans son horreur synthétique, n'est pas moins vraie qu'Emma, dans la tragique banalité de son malheur.

Pour la nouvelle critique, dont nous voyons en M. Bourget un représentant si éminent, il n'y a pas de beautés absolues ni d'école parfaite ; la recherche des thèses, l'art pour l'art, ces deux termes si anciens, ont l'un et l'autre leur raison d'être dans les lois générales de l'évolution des notions littéraires. Ne pas admettre la légitimité de l'un d'eux est une erreur résultant du manque d'une rigoureuse méthode de critique. Cette erreur semble toutefois près de cesser, et l'honneur de sa suppression reviendra à la nouvelle école de critique psychologique. Il faudra sans doute encore plusieurs générations pour transformer complètement les idées

courantes sur l'art et la critique ; mais déjà nous
pouvons être assurés de l'avenir de cette transformation. Et pour en revenir à la question qui nous
occupe immédiatement, est-ce que les nouveaux
représentants de l'école critique ne tombent pas
à leur tour dans l'erreur que reproche aux naturalistes M. Bourget ? Je répète une fois de plus
que j'exclus entièrement de ces réserves le génial
philosophe M. Taine, qui est parvenu aux sommets
d'une presque idéale perfection. Mais est-ce que ses
disciples n'exagèrent pas l'importance des conditions
extérieures qui forment l'écrivain ? Nul n'ignore
pourtant la réaction interne des états psychiques.
En s'attachant donc à marquer cette réaction,
M. Bourget ne fait que développer les données que
nous devons à M. Taine. Et cette impulsion nouvelle aux doctrines du maître constitue un progrès
énorme, une véritable création. Que l'on ne me dise
pas que M. Bourget se borne à suivre l'exemple de
Sainte-Beuve, comme on le lui a déjà reproché.

Sainte-Beuve a été le type du critique d'un âge
de transition, hésitant entre une méthode subjective
assez banale et les nouvelles tendances dont il prévoyait avec effroi le triomphe. Tandis que — je le
dis encore — si le fondateur de la nouvelle école
critique a été M. Taine, M. Bourget est, de son côté,

l'inaugurateur d'une nouvelle phase dans l'histoire de cette critique. Cette nouvelle phase sera incontestablement la prompte victoire de la critique psychologique, dont j'ai essayé de définir la méthode et le but dans cette étude, qui ne satisfait même pas son auteur, mais qui serait plus méritoire si j'avais pu montrer l'application par M. Bourget de son critérium aux autres écrivains qu'il analyse. En tout cas, pour résumer mes trop longues réflexions, je veux esquisser encore les traits caractéristiques de cette école naissante, en affirmant que, d'après elle, toutes les écoles et toutes les littératures doivent être considérées avec une analyse impartiale, sans colère ni dédain. Et l'originalité propre de M. Bourget est en ce qu'il a surtout étudié les écrivains au point de vue psychologique, dans les sources intérieures de leur activité; elle est encore en ce que M. Bourget, à force de sympathie artistique, s'identifie avec les auteurs qu'il analyse. Ce haut éclectisme, qui concilie toutes les contradictions, qui admet une raison d'être aux courants littéraires les plus divers, au nom des données suprêmes du beau et d'une tolérance d'évolutionniste, cette élévation de pensée, qui dépasse les cadres des sectes, ces qualités forment l'essence du talent et de la méthode du jeune critique; c'est elle que, dans

la mesure de mes forces, j'ai voulu exposer à mes
lecteurs. Mais ce que nul critique ne pourrait faire
sentir, c'est la somme de talent que présente l'œuvre
de M. Bourget, et dont le charme ne saurait être
apprécié que si l'on a lu ses meilleures études.
Comme il serait à désirer qu'on les traduisît en polonais! Mais qui donc se soucie chez nous de fami-
liariser le public avec les importantes manifestations
littéraires de l'Occident, avec les livres nouveaux
qui provoquent l'admiration de l'Europe entière.
Est-ce que l'on n'attend pas chez nous que les années aient diplômé une œuvre, dans l'universelle
crainte de tout talent nouveau, de toute initiative
artistique. Et puis, où trouver chez nous des lecteurs pour un tel livre? On en trouverait cependant, peu, mais quelques-uns, et c'est pour eux que
j'ai esquissé cet article, en regrettant sincèrement
de ne pouvoir m'arrêter plus longtemps sur cette
œuvre magnifique, dont je recommande la lecture
à tous ceux qui trouvent plaisir aux joies intellectuelles. Chacune des études de M. Bourget, chacun
des chapitres, chacune des phrases ont un prix infini. Il y a longtemps qu'il n'a point paru un livre
si imprégné de talent puissant, profond et original.
M. Bourget est non seulement un philosophe de
premier ordre, mais encore un littérateur, un ar-

liste éminent, un styliste, un maître de la composition littéraire, dont le nom enrichira la galerie des
représentants du génie français. Lorsqu'on vient de
lire les articles de quelques critiques dans le genre
de Louis Veuillot, en France, et chez nous de
MM. X., Y. ou Z., on sent mieux, devant le livre de
M. Bourget, la mâle beauté de ce jugement qui sait
concilier la plus étonnante érudition et vigueur
scientifique avec la tolérance philosophique d'un
véritable artiste. Quel incomparable éclat du style,
quelle masse de pensées philosophiques dont la profondeur laisse rêver ! quelle intuition subtile dans
les vues sociales, esthétiques et littéraires ! Toutes
les définitions de M. Bourget nous étonnent par leur
justesse ; toutes ses pages nous transportent par la
richesse de l'inspiration, de la sympathie esthétique.
Du début à la fin, le lecteur ne perd pas un instant
la salutaire impression de se trouver en face d'un
esprit supérieur.

Ce livre est un trésor de sagesse, de science, de
vérité morale et esthétique. Il fait comprendre le
néant de tout égoïsme et de toute vanité ; il forme
l'intelligence ; il rend plus nobles les élans intérieurs
de notre âme. Il force à une réflexion plus profonde sur les éternels problèmes, sur cette partie mystérieuse de notre être qui reste à jamais

8.

inexplicable. Mais ce livre qui résume toutes les tendances des nouvelles générations, mérite davantage encore l'admiration de tous si l'on considère son rapport avec les brûlantes questions de l'heure présente. Nul n'a pénétré plus à fond l'âme de notre siècle ; nul n'a dit plus de vérités sur les sources cachées où naissent les grands cataclysmes sociaux : nul n'a donné une image aussi complète de l'état mental de notre siècle, de ce siècle qui est l'aurore de quelque ère nouvelle. L'analyse des œuvres de cinq écrivains français permet au critique, résumant l'idée générale de son livre, d'émettre cette réflexion qui s'applique à tout l'état de notre temps, qui exprime son passé, son présent, son avenir.

« Apercevez-vous, à l'extrémité de l'œuvre de Stendhal, poindre l'aube tragique du pessimisme ? Elle monte, cette aube de sang et de larmes, et de proche en proche elle teint de ses rouges couleurs les plus hauts esprits de notre siècle, ceux qui font sommet, ceux vers qui les yeux des hommes de demain se lèvent religieusement. J'arrive, dans cette série d'études psychologiques, au cinquième personnage que je me suis proposé d'examiner. J'ai examiné un poète, Baudelaire; un historien, M. Renan ; un romancier, M. Flaubert; un philosophe, M. Taine; je viens d'examiner un de ces artistes composites en

qui le critique et l'écrivain d'imagination s'unissent
étroitement. Et j'ai rencontré chez ces cinq Français
de tant de valeur, la même philosophie dégoûtée de
l'universel néant... Cette formidable nausée des plus
magnifiques intelligences devant les vains efforts de
la vie a-t-elle raison ? Et l'homme en se civilisant
n'a-t-il fait vraiment que compliquer sa barbarie
et raffiner sa misère ? J'imagine que ceux de nos
contemporains que ce problème préoccupe sont pareils à nous, et qu'à cette angoissante question, ils
jettent tantôt une réponse de douleur, tantôt une
réponse de foi et d'espérance. C'est encore une solution que de sangler son âme, comme Beyle, et d'opposer au malaise du doute la virile énergie de
l'homme qui voit l'abîme noir de la destinée, qui ne
sait pas ce que cet abîme lui cache — et qui n'a pas
peur. »

Non, cet héroïsme, malgré qu'il dépasse en beauté
tous les héroïsmes physiques, n'est point la solution
des problèmes de l'être. Mais comme toutes les parties du livre de M. Bourget, il définit une fois de
plus sous sa forme plastique, la maladie de notre
siècle : l'impuissance fondamentale d'une civilisation si féconde en découvertes précieuses, mais qui
n'a rien trouvé encore pour remplacer la foi chan-
celante qui s'efface. Et cette conclusion, qui résume

toutes les faces de l'esprit contemporain, est sortie
uniquement de l'étude de cinq écrivains français de
ce siècle. Incontestablement, nous le répétons, la
littérature, lorsqu'elle arrive à de tels résultats, est
un trésor de sagesse, l'essence de l'être mental de
l'homme. Elle explique et fait pardonner toutes les
dissonances du monde, elle ouvre sous les yeux de
ceux qui l'aiment des royaumes illimités, comprenant dans leur synthèse le passé et l'avenir. Et pour
celui qui sait en goûter le charme, cette littérature
devient l'unique consolation, le plus sublime reflet
de cet Être éternel à l'existence duquel nous voulons, nous saurons encore croire. Elle est le juge,
l'historiographe, le vengeur des iniquités du monde.
C'est maintenant seulement que sa valeur nous apparaît, son rôle sublime : maintenant, après les dernières conquêtes de l'histoire et de la critique. Mais
nous ne pouvons pas même deviner encore à quelle
intensité de vue et de résultat pourra parvenir cette
critique, au terme de son prochain épanouissement :
lorsqu'elle aura mené au terme cette méthode inaugurée par M. Taine, si brillamment continuée par
M. Bourget. Parmi les jeunes critiques qui tout en ne
niant pas la portée de l'œuvre de M. Taine, veulent
la compléter par une analyse plus exacte des motifs psychiques, il faut citer encore M. Emile Henne-

quen, dont certaines études sur Victor Hugo, par
exemple, sont de vrais chefs-d'œuvre. Aussi est-ce
avec une joie sincère que nous saluons dans l'auteur d'*Edel* non seulement un écrivain de premier
ordre, mais aussi un reformateur de la critique
littéraire, le créateur d'un nouveau courant d'analyse. Encore que, hélas! nous croyons qu'il se trouvera bien peu d'esprits capables de comprendre le
charme et la portée de cette nature littéraire infiniment raffinée. Dans son admirable étude sur M. Renan, le critique esquisse le tableau suivant, très
heureux et très subtil, d'un esprit supérieur, et de
sa différence d'avec le génie et le talent, par la capacité d'acquérir sur toutes choses des notions générales :

« Si cette capacité de généraliser ne s'accompagne point d'une égale capacité de création, l'homme
supérieur reste un critique. Si c'est le contraire, et
si le pouvoir créateur subsiste côte à côte avec le
pouvoir de tout comprendre, l'homme supérieur
devient une créature unique. Il fournit en effet le
plus admirable type qu'il nous soit donné de con-
cevoir : celui du génie conscient. C'est, dans l'ordre
politique, César; dans l'ordre de la peinture, Vinci ;
dans l'ordre des lettres, le grand Gœthe. Même lorsqu'il ne monte pas à ces sommets, l'homme supé-

rieur est une des machines les plus précieuses que la société ait à son service. » Le lecteur sait que, depuis, M. Bourget a prouvé, par ses admirables romans, que le talent critique s'accompagne chez lui d'une égale capacité de création littéraire. »

J'aurais voulu pouvoir citer tout ce chapitre, un chef-d'œuvre de finesse et de profondeur sociologique, où M. Bourget oppose un centre choisi d'aristocratie intellectuelle au flot stupide de notre démocratie. Mais je ne veux pas abuser de la patience de mes lecteurs. Je me permettrai de dire seulement que je partage l'opinion de M. Bourget. Depuis que le monde, est monde le progrès a toujours été l'œuvre d'une minorité d'élite ; et notre civilisation est commode seulement pour les médiocres et les vulgaires. Elle est meurtrière pour tout ce qui dépasse et ainsi irrite la foule. Mais le temps est prochain où l'humanité, préparée par les minorités d'élite, adoptera enfin les conceptions de la philosophie évolutioniste, et comprendra que la société est une fédération d'organismes, où l'individualité est un des éléments les plus importants. Et tout le coloris de la civilisation universelle sera modifié. Le type de l'homme supérieur qui comprend et excuse tout, est la gloire de notre époque, — et à qui saurait-on appliquer plus justement la définition qu'en donne

M. Bourget, si ce n'est à l'auteur même des *Essais
de Psychologie ?*

Quoi qu'il en soit et encore que la vie ne soit
qu'une série de ruines et de misères, nous n'avons
ni le droit de maudire la nature, ni celui de croire
à la banqueroute de l'humanité, ni de condamner
définitivement la civilisation de ce siècle, puisque,
au moment même de son déclin, cette civilisation
produit, comme un représentant exceptionnel de ses
plus belles aspirations, des individualités telles que
l'écrivain auquel j'ai consacré cet article.

Au partisan fanatique du pessimisme, — et sans
craindre le sourire de dédain que je puis provoquer,
— je dirai que la vie vaut la peine d'être vécue, ne
serait-ce que parce qu'elle fournit des jouissances
telles que la lecture de ces *Essais de Psychologie
contemporaine.*

GABRIEL SÉAILLES

GABRIEL SÉAILLES

Dans son article précédent, consacré aux œuvres critiques de Paul Bourget, le représentant le plus éminent de nos conceptions critiques en France, l'auteur de ces pages a voulu indiquer à ses lecteurs l'énorme portée d'une méthode d'analyse psychologique entièrement nouvelle dans ses applications à l'esthétique, et dont on peut voir déjà les résultats dans des chefs-d'œuvre tels que les études critiques publiées sous le titre général de: *Essai de psychologie contemporaine.* Nous avons vu que la donnée fondamentale de la nouvelle école de critique, à la tête de laquelle se range incontestablement l'auteur de *Cruelle Énigme* mais qui compte déjà de nombreux adeptes, que le critérium primordial de cette école est l'entrée dans l'individualité psychique de

l'artiste, faute de comprendre laquelle, l'œuvre de
cet artiste restera toujours un sphinx secret. Et
cette donnée est complètement juste, toute œuvre
d'art étant seulement le reflet du génie subjectif de
l'auteur. Cette direction littéraire, entièrement conforme au courant des tendances scientifiques de
notre siècle, qui expliquent toutes choses par les
trois facteurs de la race, du milieu et des circonstances, cette direction qui n'est que le développement ultérieur de la théorie de M. Taine, le génial
auteur de la *Philosophie de l'art*, cette direction
doit incontestablement satisfaire tous les sincères
amis de la littérature ; car ouvrant sous les yeux de
chacun des perspectives infinies, l'excitant à la
compréhension universelle de toutes les écoles et
tendances artistiques, elle annonce en même temps
la prochaine mort de l'ancienne esthétique, inintelli-
gente à priori, partiale, qui d'ailleurs est immortelle
comme la sottise humaine. Si l'action de la vie sociale sur la littérature est un fait indubitable, il n'est
pas moins certain que, entre les diverses branches
de la littérature, existe une étroite parenté; un
changement dans les conceptions critiques annonce
toujours un changement dans la production même
des œuvres, et vice versa. Dans cette série de som-
maires esquisses, consacrées au talent les plus sail-

lants de la jeune France, je voudrai prouver que, en
même temps que se développe, dans la critique, un
sens toujours plus grand de tolérance, se développe
aussi dans la production même des œuvres une
liberté croissante pour le choix des moyens, une
analyse psychologique toujours plus approfondie, une
poussée toujours plus vive de vérité et de beauté.
Car il est malaisé de croire que toutes les sources
de création soient taries ; les passions humaines,
restant toujours les mêmes au fond, vêtent sans
cesse des formes nouvelles ; s'il est vrai que des
milliers de mystères restent encore dans la nature, combien de mystères encore cachés renferme
notre âme ! Mais avant de tenter l'analyse des
traits principaux de cette rénovation artistique,
je voudrais montrer le fondement scientifique de
ces efforts et tendances révolutionnaires. Les conclusions de la nouvelle psychologie confirment la
légitimité de la complète liberté et indépendance
de l'art en général, et donc de la littérature.
Simultanément avec les travaux de MM. Bourget
et Hennequin, où les données évolutionnistes,
c'est-à-dire le complet éclectisme, la conception
universelle de toutes les manifestations artistiques, la reconnaissance, pour ainsi dire, du fatalisme
dans l'art, simultanément avec ces travaux d'appli-

cation pratique et individuelle, paraissent en France
des œuvres consacrées à la pure théorie de la création artistique, des œuvres dont les auteurs en se
maintenant sur le seul terrain de la science, font de
la liberté et de l'originalité les bases de l'art, la loi
nouvelle du mécanisme de la création artistique, et
jettent ainsi une lumière entièrement nouvelle sur
la genèse de la production. Une des œuvres qui représente le mieux cette tendance est le livre d'un
professeur de philosophie, M. Gabriel Séailles, un
traité de psychologie philosophique publié sous le
titre de : *Essai sur le génie dans l'art.* Je voudrais
consacrer l'article suivant à ce livre, éminemment
remarquable et typique en son genre.

L'ouvrage de M. Séailles, à côté des passages que
pourraient signer les savants les plus rigoureux,
contient un grand nombre d'aperçus purement subjectifs, qui, tout en restant toujours d'accord avec
l'esprit de la science, peuvent cependant apparaître
souvent de simples hypothèses. En général on peut
dire que la façon littéraire de traiter son sujet, le
manque d'une sèche rigueur scientifique, la masse
d'aperçus personnels, épars dans le livre, et concer-
nant les grands problèmes de l'existence, tous ces
traits originaux de l'œuvre, s'il ont permis à un critique de comparer l'essai de M. Séailles à ces verbeux

discours philosophiques que l'on fabriquait par
douzaines dans les dernières années du siècle passé,
donnent incontestablement au livre entier un charme
sui generis en même temps qu'elles révèlent chez
l'auteur un véritable talent littéraire. Mais je n'ai
pas l'intention de me livrer à une critique détaillée de
cet ouvrage, dont je veux seulement faire connaître
à nos lecteurs l'idée dominante. Je n'essaierai donc
pas même de combattre ses données, qui peuvent
apparaître aux positivistes comme chargées du plus
parfait venin de la métaphysique. Ce fait, d'ailleurs,
n'atténue nullement à nos yeux leur portée philosophique. Je voudrais seulement esquisser le mode
général du raisonnement de l'auteur, le moyen qu'il
emploie pour développer sa thèse sur le *Génie dans
l'art*. La quintessence, l'alpha et l'oméga de toute
cette thèse, est la pensée qui se trouve déjà exprimée
dans la préface, et suivant laquelle : toute image
apparaissant dans notre esprit est un acte de création. Le livre entier découle de ce postulat, et la
conclusion philosophique très élevée qui le termine
n'est, comme nous le verrons dans la suite, que le
développement logique de cette pensée fondamentale. Cette pensée s'éclaire d'ailleurs lorsque
l'auteur ajoute que: d'après lui, le second axiome
fondamental du mécanisme de l'esprit est une ten-

dance inévitable à organiser et à coordonner tout
ce qui pénètre dans notre esprit : opinion que sa
forme seule distingue du grand principe de l'association des idées, base de toute la psychologie expérimentale contemporaine. Si j'ajoute que
M. Séailles affirme dès le début que, entre le génie
créateur et toute intelligence donnée il n'y a qu'une
différence de degrés de vibration cérébrale, pour
ainsi dire ; que le génie est pour lui, en général, le pouvoir de créer des combinaisons, l'imagi-
tion créatrice indispensable aux sciences autant
qu'aux beaux arts, le lecteur sera au courant des
données essentielles que M. Séailles développe dans
les sept parties de son énorme esquisse.

*
* *

Si, d'après l'auteur, toute pensée est un acte créateur, le génie de l'humanité doit se montrer dans
toutes les manifestations de notre activité intellectuelle ; aussi le premier chapitre du livre traite-t-il
précisément du génie dans l'intelligence. Partant de
cette donnée scientifique généralement admise que
les sens seuls peuvent nous donner seulement une
série d'impressions chaotiques désordonnées ; (et cependant, ajouterai-je, combien il y a peu de temps

que vivaient encore des écoles philosophiques ne voyant dans la pensée qu'un reflet du monde matériel; que diraient de notre théorie associationniste moderne les sensualistes du dix-huitième siècle, Locke et Condillac?), M. Séailles affirme avec raison que notre esprit, combinant les diverses impressions que lui fournissent les sens, arrivant par induction à une certaine synthèse, construisant avec la masse des faits particuliers le haut édifice de la science appuyé sur les idées de l'analyse et de la synthèse, de la classification en genres et en espèces, notre esprit donc, dans toutes les sphères de son activité, qu'il s'élève sur les ailes de la plus haute inspiration, ou qu'il s'exerce dans les événements les plus habituels de notre vie, reste sans cesse soumis aux tendances fondamentales du génie qu'il renferme : de la tendance à l'harmonie, de la tendance naturelle vers la synthèse, vers une cohésion nécessaire de toutes nos pensées en un tout organique. Dans la définition de cette tendance du génie à une organisation indépendante, de ce besoin d'harmonie qui, suivant l'auteur, est le trait distinctif de notre esprit, sont contenus l'idée fondamentale et l'argument essentiel de l'œuvre entière, ou, comme disent les wagnéristes, son *leit-motiv*. Cette pensée fondamentale permet à l'auteur de voir dans la science une des formes de la

9.

lutte pour la vie, où les éléments en conflit sont nos pensées : en effet les traits dominants et caractéristiques suppriment dans toute synthèse, et donc dans tout axiome, les traits de second ordre accidentels et inférieurs. Cette pensée permet à M. Séailles d'affirmer, dès le premier chapitre de son livre, que les grandes inventions, dans la science et dans l'art, peuvent résulter seulement de cette tendance à l'harmonie qui fait de toute pensée esthétique, de toute synthèse scientifique, un acte spontané. D'ailleurs puisque notre esprit se distingue par une tendance innée à la classification des impressions reçues du dehors et tente toute la vie de concilier les lois du monde extérieur avec ces lois de l'harmonie intérieure de notre organisme intellectuel, d'après lequel nous jugeons de toutes choses ; puisque, d'autre part, cette conciliation s'avance sans cesse, l'auteur a le droit d'affirmer, au nom de cette tendance naturelle de l'esprit, que le pessimisme, en tant qu'aperçu de la vie, est un système sans fondement, aussi peu scientifique que l'optimisme que toute conception exclusive du problème de l'existence. Le don créateur de notre esprit se manifestant déjà pleinement dans la création de notre moi, l'idée de notre individualité, surgissant parmi la masse des vibrations vitales qui, au fond, la constitue dans leur chaos, ce don nous donne seul l'assurance sans laquelle nous ne saurions faire un pas, l'assurance de notre existence propre. La vie est le postulat initial et indispensable de toute science. Tout ce qui vient s'opposer au développement normal de la vie, le mal physique et moral, le mensonge volontaire ou inconscient, en détruisant son harmonie, atteint également notre équilibre interne, et nous apparaît comme un agent funeste dans notre vie. Je rappelle au lecteur que je me contente de résumer la pensée de M. Séailles, sans entrer avec lui dans aucune polémique philosophique. Je ne puis cependant ne pas attirer l'attention de mes lecteurs sur la profondeur et la largeur de vues du jeune savant qui entre d'emblée au fond de son sujet, lequel contient, comme on le voit, l'essence du problème de notre existence psychique.

*
* *

Ainsi toute dissonance dans notre vie blesse notre sentiment intérieur, notre désir d'harmonie ; nous ne trouvons cette harmonie nulle part, parmi les imperfections de la misérable nature terrestre; aussi l'esprit cherche-t-il un refuge dans le monde de l'existence interne ; l'homme [cherche] à produire

l'harmonie au moins dans le sanctuaire de son cœur.
Mais les éléments de cette harmonie, ce seront toujours les impressions recueillies du monde extérieur
Aussi l'équilibre psychique enfin] obtenu tend-il
sous le fatalisme des lois universelles, à s'exprimer
sous quelque forme : l'esprit tend à revenir vers le
monde extérieur. De cette façon s'explique la possibilité d'une action créatrice de l'homme et la naissance de l'art, son expression la plus haute, de l'art
qui revêt du costume extérieur de la beauté esthétique l'harmonie réalisée par l'homme dans le sanctuaire de son être intérieur. Cette harmonie se met
sous la dépendance des lois générales d'évolution
qui dominent toute existence. La subordination graduelle de l'image créée à l'universelle loi d'évolution,
que l'auteur nomme le mouvement, forme l'objet du
second chapitre : « Des rapports de l'image au mouvement. « La conclusion de cette seconde partie est la
définition de l'image, que l'auteur considère comme
l'un des éléments de notre existence psychique, soumis à ses lois intérieures, mais tendant à s'exprimer
au dehors sous telle ou telle forme. Dans cette tendance de l'image, Gabriel Séailles met le germe, la
source, le fondement de la science, de la littérature et
de l'art en général.

*
* *

Mais de quelle façon s'associent et s'organisent les
images surgies dans notre esprit ? A cette question,
l'organisation des images, l'auteur consacre son
troisième chapitre, qui est parmi les plus beaux du
livre, de ce livre dont le style et la profondeur permettent ensemble de ranger Gabriel Séailles parmi les
plus éminents écrivains et les plus subtils philoso-
phes de notre époque. Tout état de l'âme cherche à
s'exprimer sous une forme symbolique, donc extérieure. Les exemples tirés de la vie individuelle et
générale éclairent parfaitement cette pensée évidente. Tout homme n'est-il pas le poète de son existence propre ? Est-ce que les époques capitales de
cette existence ne se résument pas, pour lui, en quelques événements symboliques, quelques joies ou
tristesses mémorables ? Est-ce que même la nature
qui nous entoure n'est pas, en une certaine mesure,
la compagne vivante de notre destinée, de telle
sorte que sous l'influence d'une tendance innée
au symbolisme, les lieux où notre âme a vécu, les
crises très vives de la joie ou du malheur semblent
nous murmurer, lorsque nous les revoyons, les souvenirs des années passées ?

Mais dans les manifestations de la fantaisie populaire, de l'imagination collective, la loi dont nous parlons revêt une forme plus complète et plus apparente encore. Les vieilles traditions, les épopées nationales, les systèmes et les maximes d'une morale séculaire, enfin les religions dans leur universelle et graduelle évolution, ne sont-ce pas des symboles magnifiques et impérissables, où l'esprit de l'humanité atteste son goût pour les formes concrètes de la pensée. Dans les pages consacrées aux actes de la création psychique des races humaines, à travers les temps et les lieux, M. Séailles se montre un styliste vraiment inspiré, un poète pénétrant, un devin des mystères de l'existence intérieure, un écrivain subtil qui pourrait occuper un rang brillant dans une autre branche, plus strictement littéraire, de l'art d'écrire. Mais c'est surtout le passage consacré à la formation des croyances religieuses, à leur secrète et impérissable essence, à leur éternelle beauté, c'est surtout cette partie du chapitre qui constitue un véritable chef-d'œuvre de sincère élan, d'impartialité philosophique, de ciselure esthétique de la forme. Et cependant il est certain que tout ce chapitre apparaît imprégné du plus parfait hegelianisme, et l'auteur de cette analyse ne peut s'empêcher d'attirer l'attention du lecteur sur un fait très curieux et très instructif : sur l'injustice révoltante de ces nouveaux penseurs qui veulent supprimer entièrement l'œuvre des anciens maîtres de la pensée spéculative, sans comprendre que dans tout système gît une parcelle de vérité, un rayon de sagesse ; et que cet héritage de vérité, assurément très mince, mais sans cesse plus grand, entretient le pragmatisme de l'histoire de la philosophie et en même temps continue à agir et à influencer sur l'esprit des générations nouvelles ? L'exemple de M. Séailles est très curieux : nous avons affaire à un homme d'une haute instruction, au courant des dernières découvertes de la psychologie expérimentale, et qui maintient ses postulats fondamentaux et ses dernières conclusions avec l'esprit de la science contemporaine. Et cependant que sont ses raisonnements sur la religion, d'ailleurs magnifiques et empreints d'une prodigieuse puissance d'imagination subjective, que sont-ils, sinon les réminiscences des vues de Hegel sur la même question ? La vieille philosophie allemande générale, salutaire en son temps, injustement dédaignée aujourd'hui, a laissé derrière elle plus d'une pensée saine et vraie qu'il est aisé de reconnaître, sous son costume nouveau, dans les derniers produits de la philosophie évolutionniste. Il

semble que je n'énoncerai pas une hypothèse trop
hardie, si, dans la conception d'un penseur aussi
merveilleux que l'auteur de l'*Essai sur le Génie*, je
montre non seulement l'influence de la philosophie
de Hegel, mais même un reflet très reconnaissable
de la théorie de Kant. Qu'il suffise au lecteur de se
rappeler le titre d'un livre du célèbre auteur de la
Critique de la Raison pure, du livre portant le titre
de *la Religion dans les limites de la raison*. D'ailleurs je voulais seulement noter des analogies dans
les façons de voir entre des métaphysiciens en apparence tout à fait annulés et des esprits appartenant aux plus récentes générations, tels que Gabriel
Séailles.

Pour en revenir aux questions traitées dans le
chapitre III de son livre, je dirai encore que l'auteur voit dans l'imagination créatrice une tendance
à s'assimiler la nature, à concilier le monde externe
avec notre essence intime, c'est-à-dire les lois naturelles avec les lois qui régissent notre activité
physique. L'imagination créatrice, la formation de
l'image, cet alpha et oméga de l'art, est en même
temps le fil que lie notre nature interne à la nature extérieure, en une longue série de reflexes
mutuels. Toutefois, d'après M. Séailles, la manifestation dans l'esprit de cette image créatrice

ne se laisse pas expliquer par l'association commune des idées. Cette opinion ne contredit pas autant qu'on pourrait le croire les derniers résultats de la science expérimentale et de la philosophie évolutionniste, qui tient, incontestablement, le sceptre de la science contemporaine. Au contraire la psychologie expérimentale la plus récente admet entièrement la thèse de M. Séailles, lui donnant seulement une autre forme. — Mais je prouverai cela plus tard, lorsque j'apprécierai d'une façon générale le rapport entre le livre de M. Séailles et les rigoureuses exigences de la science positive.

***

Si, d'après M. Séailles, toutes les manifestations de la vie psychique laissent voir une part de création, nous voyons cependant que l'auteur a surtout en vue une catégorie déterminée de phénomènes intérieurs, dont la propriété est cette tendance à s'exprimer au dehors sous une forme concrète : les phénomènes de l'art.

Quel est donc le rapport entre l'organisation des images et ce mouvement auquel tendent d'elles-mêmes les images ? C'est la question qui résulte logiquement des raisonnements précédents et qui

fournit la matière du chapitre septième. Puisque
toute image créatrice doit aboutir à ce mouvement
qui l'exprime au dehors, il est clair que leur rapport est des plus étroits. Or ce mouvement est lui-
même un phénomène entièrement libre et indépendant, autant que la manifestation de l'image
créatrice, d'où il naît ; il est, comme elle, un don
indépendant de la volonté, du raisonnement de la
comparaison, et des autres agents habituels de l'association des idées. Et il faut précisément voir dans
le talent cette faculté d'incarner dans une forme artistique concrète l'impulsion de l'imagination créatrice. Où il n'y a point de talent, ni le travail, ni
l'érudition, rien ne saurait produire une chose
vivante, ou remplacer l'étincelle créatrice, et la faculté de la vêtir plastiquement. Il est malaisé d'indiquer plus étroitement le rapport qui relie l'image
créatrice au mouvement qui l'exprime. Mais comme
ce mouvement résulte de cette image, il est évident
que leur intensité est en raison directe, s'accrois-
sant et décroissant dans les mêmes proportions. La
vie intérieure de l'homme est liée à son activité
extérieure. Mais combien plus infailliblement s'atteste
cette loi générale dans le fait de la création artistique ! Toute histoire de la littérature ou de l'art nous
donne des milliers d'exemples de la décadence de

grands artistes, chez qui la vieillesse éteint en même
temps le feu des images intérieures et provoque
l'affaissement d'expressions extérieures ? Le mouvement est fécond seulement lorsque toutes les forces
de notre être psychique tendent à la réalisation de
l'image créatrice. Peu importe que cette image sou-
veraine soit le développement d'une religion, ou
l'acquisition du monde, ou enfin l'incarnation, dans
une œuvre, d'immortelle conception de beauté esthétique. Il faut seulement que l'on consacre toutes
ses forces psychiques à l'expression d'un idéal mo-
teur. Naturellement le génie de l'artiste est, pour
l'observateur, le sujet le plus admirable et le plus
curieux, en raison de la logique de son action et de
la perfection qu'il atteint plus souvent que les autres modes de l'activité créatrice. Aussi est-ce à l'artiste, au génie de l'artiste, que M. Séailles a consacré son précieux ouvrage, dont le quatrième chapitre se termine par l'affirmation de cette vérité incontestable : qu'il y a deux phases dans la création
d'une œuvre d'art : la conception, et l'exécution ; et
que ces deux phases sont les deux formes d'un même
principe, d'un même génie créateur.

Nous sommes donc parvenus à la question fondamentale de la conception dans l'art ; elle est étudiée avec une rare subtilité et une grande richesse de détails dans le chapitre cinquième. Des sommets philosophiques, où nous avons considéré dans ses généralités l'esprit humain, et les énigmes primordiales de l'existence consciente, nous descendons maintenant à une question plus spéciale peut-être, mais non moins intéressante. L'auteur va lui consacrer tout le reste de son livre. Ici il se place déjà sur le terrain d'un raisonnement tout positif, et il traite largement des conditions que réclame la création artistique.

M. Séailles met au premier rang de ces conditions la possession de certains dons psychologiques et psychiques, d'une pénétrante observation, d'un mécanisme parfait de l'œil chez le peintre, de l'oreille chez le musicien, d'une bonne mémoire, d'une grande sensibilité. L'auteur considère aussi les conditions relatives aux milieux, les instincts héréditaires, la façon de travailler. Il reconnaît la nécessité du travail, du recueillement qui favorise la naissance des images, d'une longue éducation préparatoire, surtout au point de vue des connaissances techniques. Mais toutes ces qualités indispensables ne sont que des moyens, et doivent passer au second plan dès que s'engage l'acte créateur lui-même. Car nous voici arrivés à la partie la plus importante et la plus curieuse du livre, au passage où l'auteur se demande comment tous les éléments de la création prochaine, déjà rassemblés, peuvent maintenant s'unir et produire ensemble la réalisation concrète de l'image. Cette union s'opère, dit l'auteur, sous la seule force de l'inspiration, de l'émotion qui régit l'âme de l'artiste dans l'instant de la création. En aucun cas cette union ne naît de la réflexion, de la volonté. Peu importe de quelle source, sous l'influence de quelle impression, souvent sociale ou morale, l'inspiration surgit dans l'esprit capable de créer. Elle est elle-même l'unique et exclusive source de toute création. Ainsi des œuvres répondant à des tendances absolument opposées peuvent-elles posséder une égale valeur esthétique, et la pensée de Séailles, apparaîtra mieux si je choisis au hasard quelques exemples dans l'histoire de la littérature.

Les admirables poèmes indous, symbolisant tout le désespoir, le doute et le pessimisme des religions orientales ne cèdent en rien, pour la force du coloris la vigueur de l'inspiration, à la poésie, également

populaire, des épopées germaines, qui sont, tout au
contraire, optimistes, pleines d'espoir et de foi dans
la vie. L'image inspirée de l'éternité promise, présentée au point de vue protestant, dans le *Paradis
perdu* de Milton, est un chef-d'œuvre comparable
à la *Divine comédie* de Dante, cette manifestation
parfaite du génie de la poésie catholique. Peu im-
portent donc, dirai-je avec Séailles, les sources de
l'inspiration, pourvu que cette inspiration préside à
l'enfantement de l'œuvre d'art. En revanche partout
où règne la préoccupation réfléchie de tendances
à exprimer, l'œuvre produite apparaît anti-esthéti-
que. Il y a bien des œuvres magnifiques tout imprégnées d'une tendance morale exclusive. Ainsi toute
la poésie religieuse, révolutionnaire, du dramaturge
Schiller et de ses épigones, ou encore la poésie romantique polonaise, consacrée presque entièrement
à la défense d'idéaux nationaux et patriotiques ?
Assurément, mais ces chefs-d'œuvre doivent toute
leur valeur au génie créateur, et nullement aux tendances. Le génie s'est seulement cherché un pré-
texte dans la défense d'idéaux contemporains. Mais
le génie est fils de la seule inspiration.

Je n'ai pas besoin d'attirer l'attention du lecteur
sur la portée gigantesque de la conclusion où est
arrivé M. Séailles, et qui est en même temps le ré-

sultat de toutes les recherches de la science contemporaine, dans son application aux faits de la psychologie artistique. Cette conclusion démolit entièrement les bases de la critique pseudo-esthétique, qui subsiste encore aujourd'hui notamment chez nous, et qui cherche avant tout, pour le louer ou le blâmer, les intentions, les tendances de l'auteur, et d'autres misères de ce genre. Cette critique refuse de voir que la tendance n'est rien, que l'inspiration, le talent, est l'unique chose sérieuse ; que les conditions déterminées par la psychologie expérimentale expliquent entièrement la formation de tous les caractères, et que dans ces caractères, une fois constitués en résultat de conditions fixes, la conception artistique devra désormais se développer dans une direction indépendante de la volonté de l'auteur. Ainsi pour M. Séailles une œuvre d'art est un être vivant qui se développe dans le secret de l'âme de l'artiste, et donc, relativement au tempérament de l'auteur, toute œuvre est telle qu'elle doit être, ne peut être différente, se développe dans une entière liberté et avec une conséquence fatale ; mais cette liberté est celle qu'admet la science, celle qui permet à tout organisme de se développer seulement dans sa voie naturelle. Assurément l'homme possède une volonté libre : mais cette volonté est

bornée par les limites des désirs et de la nature
même de l'homme. L'homme au bord d'un précipice
se hâte nécessairement de fuir ou de se détourner, sachant que, s'il ne le fait, sa perte est assurée. C'est en
ce sens que la psychologie contemporaine admet la
liberté de vouloir. Et il en est de même pour les
œuvres d'art ; relativement à la personnalité de
l'auteur, ces œuvres manifesteront une certaine tendance. Mais au point de vue artistique, cette tendance
ne doit pas être considérée. Il s'agit uniquement
de savoir si la fleur d'une telle graine sera telle,
car il est impossible de changer la fleur elle-même.
Et si l'émotion, l'inspiration ont réellement existé
dans l'âme de l'artiste, l'image créatrice se déve-
loppera sous la forme concrète de l'œuvre avec la
liberté indomptable d'un vibrion qui croît normalement.

Je terminerai l'analyse de ce chapitre, le plus important du livre de Gabriel Séailles, par la citation de
quelques extraits.

« L'œuvre d'art, — dit Séailles — est rencon-
trée par une sorte de hasard heureux : elle est
reconnue à la sympathie qu'elle inspire. Elle naît
spontanément, dans l'inspiration. Elle est un germe
vivant qui ne tombe que dans le lieu le plus favorable à son éclosion. »

« L'inspiration, — dit ailleurs Séailles, — est le retour à la nature d'un esprit développé par l'effort et par la réflexion. L'œuvre d'art, comme l'être vivant, est conçue par un acte d'amour. Elle se développe comme lui. L'action spontanée qui la crée ne procède pas par détails, mais par masses ; elle ne fait pas tour à tour chaque partie, chaque élément, pour les réunir par un travail de composition réfléchie. Elle approche de plus en plus l'œuvre qu'elle crée de la forme vivante par un travail progressif et simultané. Elle ne cherche pas tour à tour des idées, puis des images ; elle ne compose pas d'abord l'esprit de l'œuvre pour lui fabriquer ensuite un corps expressif de pièces rapportées et choisies avec soin. Gœthe disait : Deux idées ne se présentent jamais à mon esprit abstraitement : elles deviennent immédiatement deux personnages qui discutent. »

*
* *

Dans le chapitre sixième, qui traite de la méthode de chacun des arts en particulier, j'attirerai seulement l'attention du lecteur sur un point très important, sur la rigueur scientifique des impressions artistiques, telle que la montre M. Séailles. Et de fait, chez les grands peintres ou poètes, nous trouvons

10

toujours le don d'apercevoir une harmonie entre les lignes, les lumières, les sons, harmonie dont l'équilibre, en même temps qu'il produit la jouissance esthétique, prouve chez l'artiste une intuition des lois scientifiques sur la lumière et les sons. Ce que le mathématicien prouve dans une longue série de calculs, l'artiste l'incarne d'emblée dans l'œuvre d'art, par la seule grâce de son talent inné d'observation. Le talent ne trompe jamais l'artiste véritable : il y a accord entre les trouvailles intuitives du génie et les lois de la science. Et l'auteur y voit, avec une sincère joie, une autre preuve non moins convaincante de la parenté de l'homme avec la nature. Je ne doute pas que, pour l'âme métaphysique de M. Séailles, le sujet et l'objet ne paraissent essentiellement identiques. En tout cas, il a pleinement raison en affirmant que tout beau tableau, toute belle symphonie, sont en même temps de grandes œuvres scientifiques, en tant qu'elles synthétisent des milliers de phénomènes particuliers appartenant aux sphères des sons ou des lumières. Le rapport des lois de la sociologie et de l'évolution de la civilisation avec les progrès graduels de la littérature pourrait nous donner une preuve encore plus décisive de cette parenté entre le dedans et le dehors de nous. Mais M. Séailles n'a pas été séduit par ce curieux travail, qui eût d'ailleurs dépassé le cadre de sa dissertation. Je dois, avant de terminer l'analyse de ce sixième chapitre, citer l'heureuse définition que M. Séailles y donne de la critique. Elle doit uniquement et avant tout cher cher dans son âme l'harmonie entre la sphère représentée et son modèle dans la réalité : et, si cette harmonie n'existe pas, la critique doit indiquer les causes du désaccord. C'est là toute la tâche de la critique. La critique joue donc, en face des œuvres de l'art, le même rôle que la science en face des phénomènes de la nature. Grande et sainte vérité que devraient bien comprendre enfin les faiseurs de comptes rendus, qui s'acharnent à jouer le rôle grotesque de Mentor au nom d'une esthétique à priori soi-disant parfaite, et qui apparait si misérable à la science contemporaine. Quant à ce qui touche les questions particulières relatives au développement du génie dans les divers arts, les lecteurs qu'elles peuvent intéresser se reporteront avec fruit à un livre récent de M. Sully-Prudhomme, qui est en même temps un grand poète et un grand penseur. De ce livre, paru sous le titre de : *l'Expression dans les Beaux-Arts*, et qui contient, à côté d'études sur chacun des arts, un coup d'œil éminemment heureux sur le côté technique de l'art en général, de ce livre hautement curieux et profondément attrayant du poète admirable de la *Justice* et des *Épreuves*, je puis seulement dire en passant que notre éminent critique M. Spasovitch, possède en portefeuille une grande étude qui lui est toute consacrée. J'ignore si ce nouvel ouvrage du très remarquable auteur de la *Littérature polonaise* paraîtra jamais ; mais le fait seul de cette curiosité d'un si haut esprit dit assez la valeur du volume de M. Sully-Prudhomme. Les conclusions de M. Séailles concordent entièrement avec celles de M. Sully-Prudhomme, du moins pour ce qui touche la question analysée par ce dernier dans un tel ouvrage.

*
*   *

Dans le dernier chapitre de son livre, M. Séailles, s'appuyant maintenant sur les conséquences de ses raisonnements précédents, établit comme la synthèse de ses recherches, le fait qu'il avait énoncé à priori au début de l'ouvrage. Pour résumer avec l'auteur cet admirable travail, je dirai que la pensée continue la vie, et que l'art, expression suprême de la pensée, nous donne ce que nous refuse la nature : un monde où règne une pleine harmonie, un monde construit suivant notre besoin intérieur d'un idéal, un monde où se réalisent nos tendances les plus chères, les plus belles, les plus profondes.

Le génie est entièrement libre. Nous devons voir en lui la haute synthèse de tous les agents de notr existence psychique, une synthèse donnée de la propriété de s'incarner dans une beauté concrète et extérieure. L'art donc, en donnant sans cesse à la pauvre âme humaine le spectacle vivifiant d'une harmonie parfaite, et en même temps le salut, la raison d'être, est la forme suprême de la vie. Et ainsi l'auteur peut, avec un enthousiasme juvénile, nommer cet art « un paradis momentané dans notre vie terrestre ».

II

Mon analyse est terminée. Le lecteur connaît le sujet du livre, la méthode de l'auteur, la portée exceptionnelle des questions qu'il aborde et résout. Au cours de mon analyse j'ai dû plus d'une fois exprimer mon admiration pour ce travail, qui atteint le fond des problèmes de l'âme. Il me reste à généraliser mon jugement et à dire que le livre de M. Séailles est à tous points de vue l'œuvre éminemment sympathique d'un littérateur du plus vrai ta-

lent, d'un profond philosophe, et d'un moraliste
original; ce dernier côté de son esprit s'est cependant développé sous l'évidente influence d'une universelle érudition, ce qui ne l'empêche pas de rester
entièrement d'accord avec les dernières découvertes
de la psychologie la plus récente.

C'est justement pour ce motif que j'ai voulu consacrer une étude un peu étendue au livre de
M. Séailles. Cet essai reflète remarquablement les
vues des nouvelles générations philosophiques occi-
dentales sur la genèse de la création artistique, de
même que les admirables études de M. Bourget me
paraissent l'expression la plus géniale des vues les
plus récentes et les plus rationnelles sur les principes de la critique. Nous voyons maintenant que
l'éminent esthéticien de la critique et le philosophe
arrivent à une conception commune de ces données
de la critique, et que sous l'influence d'une tradi-
tion dont sont déjà imprégnés les esprits spéculatifs,
la critique en général doit subir et subira un changement radical. Si, en effet la création, d'après les
nouvelles conceptions de la psychologie ne dépend
ni de la volonté, ni du travail logique de l'esprit,
mais avant tout et seulement des images créatrices,
qui se manifestent librement dans les esprits, soudainement ; si cette théorie acquiert son plein pou-

voir, que deviendraient les théories exclusives des réalistes et des pseudo-idéalistes?

Elles disparaîtront.

Aux réalistes exclusifs la psychologie dira que la réunion de documents humains, l'imitation aveugle de la réalité sont, pour le travail littéraire, des éléments excellents ; qu'il n'est point permis de les négliger à celui qui veut prendre le sujet de sa création dans les faits de la vie actuelle, mais que leurs doctrines sont insuffisantes, n'épuisent point toute la nature de la création ; que toutes ces opérations secondaires seront toujours inutiles si l'on n'a pas le don du génie artistique. Que le lecteur ne croit pas que je veuille railler le naturalisme. La grande école des romanciers français n'a pas d'admirateurs plus chaleureux que moi. Mais, pour géniale que me paraît l'œuvre de Flaubert, de MM. Daudet, Goncourt, Zola, et de leurs meilleurs imitateurs, cela ne m'empêche point de trouver leurs théories incomplètes malgré leur justesse. Je veux dire que ces maîtres ont assurément beaucoup profité à l'application stricte de l'expérimentation, mais que ce n'est pas à cette méthode que nous devons leurs chefs-d'œuvre ; nous les devons à leur étonnant génie créateur. S'il en était autrement, qui empêcherait les petits imitateurs de ces maîtres, rigou-

reux suivants de la même méthode, d'atteindre les
mêmes sommets de l'art ? La détermination de la
création artistique telle que l'a faite M. Séailles, ne
saurait trouver d'exemple plus convaincant. Le but
de la création artistique est l'établissement d'un
monde où règne l'harmonie, une harmonie qui
n'existe nulle part que dans la réalité. Cette harmonie ne peut se trouver que dans une œuvre synthétique : aussi tout chef-d'œuvre est-il une haute
synthèse, résumant toujours quelques-uns des immortels moteurs de l'activité humaine. Que sont en
effet les romans des célèbres réalistes français, sinon
des peintures synthétiques admirables d'époques
historiques ou de couches sociales ? Dans tous les
chefs-d'œuvre de M. Zola nous voyons une magistrale représentation d'une couche entière de la
société, dans son développement suivi. Son dernier
roman, le plus étonnant de ses chefs-d'œuvre,
Germinal, une merveille à laquelle seule peut être
comparée la *Divine Comédie* de Dante, ne résume-
t-il pas l'état social des ouvriers, dans cette terrible
et inquiétante fin de notre siècle. Et MM. de Goncourt, dont le système et le charme consistent dans
le groupement magistral de petits faits caractéristiques et concrets ? Leur principal mérite littéraire
n'est-il pas dans la création de toute une galerie de

figures féminines dont la plasticité, les fins et gracieux contours, la vie intime soigneusement détaillée, leur donnent une haute portée typique? N'ont-ils pas incarné la femme du peuple dans *Germinie Lacerteux*, la femme de la bourgeoisie moyenne, dans *Renée Mauperin*, la sœur de charité dans *Sœur Philomène*, l'actrice dans *la Faustin*, la prostituée dans *Elisa*. Enfin M. Ed. de Goncourt n'a-t-il pas dépeint d'une façon définitive la jeune fille frêle et charmante de l'aristocratie, dans l'admirable *Chérie?*

Et Flaubert! même dans les deux œuvres où il a voulu suivre pas à pas la grise réalité, n'a-t-il pas donné des types d'une immortelle généralité : *Madame Bovary* et *Frédéric Moreau*.

Je pourrais appliquer cette méthode de comparaison aux autres maîtres du réalisme, notamment à M. Alphonse Daudet, l'auteur de *Sapho*, ce chef-d'œuvre ; mais je crois que ma pensée doit déjà apparaître assez clairement expliquée.

Si donc, malgré la beauté de leurs œuvres, les romanciers réalistes se trompent dans leurs vues théoriques, au point de ne pouvoir pas y conformer leurs œuvres mêmes, que dirais-je des exigences de ceux qu'on nomme idéalistes, de ceux qui veulent que toutes les œuvres de l'art, quelles que soient l'époque et la région de leur création, s'inspirent d'une même esthétique, d'une même croyance? Chacun de ces théoriciens est persuadé que sa doctrine doit être la règle universelle! Impossible de parler sérieusement de leurs exigences. Et cependant ils appelleraient sans doute fou un homme qui voudrait défendre à ses semblables d'avoir des rêves ou des hallucinations. Pauvres arriérés! Ils ne comprennent pas que la création artistique résulte avec non moins de nécessité de certains tempéraments psychiques, qu'elle se développe fatalement, d'après les lois de l'esprit où elle germe! Pour le littérateur qui a grandi parmi les nouvelles théories de la philosophie, la valeur d'une œuvre dépend seulement de la force créatrice qui s'y manifeste. Qu'une œuvre soit sceptique, passionnée, libidineuse, comme les drames des grands prédécesseurs et contemporains de Shakespeare, Peel, Greene, Marlowe (le génial auteur de *Faust*) Beaumont, Massinger, Ford, Webster, Fletcher, etc., il l'admirera pour le génie qu'elle révèle. Mais cela ne l'empêchera pas d'admirer également les chefs-d'œuvre de poésie et de sentiment inspirés par le catholicisme aux dramaturges de l'âge d'or du théâtre espagnol : Lope de Vega, Calderon, Tirso de Molina, Alarcon, Royas, etc. L'observateur impartial ne demandera pas à ces génies la source de leur inspiration. Il indiquera la diffé-

rence de coloris qui en résulte. Mais il constatera
surtout que presque à la même époque deux civili-
sations opposées ont rendu possible un épanouissement libre et brillant de la poésie dramatique.

Prenons un autre exemple. Depuis que la pensée
humaine s'efforce de résoudre les mystérieux problèmes de l'être, nous voyons deux grands courants
qui partagent l'humanité en deux ordres opposés.
Comme l'a parfaitement remarqué un penseur très
injustement dédaigné, le créateur de l'éclectisme,
de cette école où l'on peut hardiment saluer le
début de la géniale doctrine évolutionniste, Victor
Cousin, dans chacun de ses deux camps règnent
des éléments contraires : dans l'un le sensualisme,
d'où résultent le scepticisme, le pessimisme, l'a-
théisme ; dans l'autre, l'idéalisme au sens le plus
large de ce mot, avec les idées d'infini, d'absolu,
d'identité, de substance. Le premier de ces deux
camps marche au combat de la vie avec l'étendard
de la négation, le second avec celui de la foi. Est-ce
que pourtant ces deux doctrines n'ont pas également
leur raison d'être ? Ne sont-elles pas les libres produits de conditions déterminées, n'expriment-elles pas
deux formes innées, inséparables, indispensables de
notre esprit ? Qui donc pourrait refuser de reconnaître le génie des idéalistes, Platon (le plus grand

génie de l'antiquité), Dante (le plus grand poète du moyen âge), Klopstock, Schiller, Milton, Kochano-noski, Mickiewicz, Lamartine, Victor Hugo, de ces immortels poètes de la foi au triomphe du bien et du vrai? Qui n'admirera leurs illusions, revêtues par eux de la robe du génie ? Et ne doit-on pas les vénérer alors même qu'on a plus de sympathie naturelle pour les prophètes du camp opposé, de l'école du désespoir, pour les sceptiques et les pessimistes? pour les Lucien, les Rabelais, les Byron, les Shelley et les admirables écrivains pessimistes contemporains?

La foi et la négation, l'espoir et le découragement, la moralité et la débauche, ce sont principes qui permettent également au génie de l'artiste de se développer librement et normalement. Et toute œuvre géniale, quels que soient les principes de l'auteur, est toujours assurée de refléter une partie, sinon de l'inconnaissable vérité, au moins de la nature humaine. L'essence du génie est la liberté, l'indépendance de tout lien esthétique. La science contemporaine sanctionne cette vérité éternelle; le livre de Gabriel Séailles suffit à le prouver.

III

Mais, demanderont les incorrigibles pessimistes, qui nous garantit cette valeur scientifique des théories de M. Séailles qui — vous le reconnaissez — reste toujours dans le ton subjectif de la métaphysique? Et réellement, en outre du talent littéraire déployé par M. Séailles, et qui doit chagriner ceux qui aiment la science ennuyeuse, en outre de ce défaut impardonnable, l'esquisse de M. Séailles s'expose au dédain des demi-savants en se privant de toute citation documentaire. Pourquoi M. Séailles n'a-t-il pas pris le soin d'indiquer lui-même les divers points qui le rendent solidaire des derniers travaux scientifiques? La valeur de l'œuvre en eût été accrue, sans que l'auteur ait eu à atténuer le caractère subjectif et original de son style. Tout au moins M. Séailles aurait-il complètement fermé la bouche aux faux savants qui lui reprochent son subjectivisme outré.

Car, malgré ces objections superficielles, la valeur scientifique du livre de M. Séailles est évidente, autant que la parenté de ses théories avec l'esprit de la

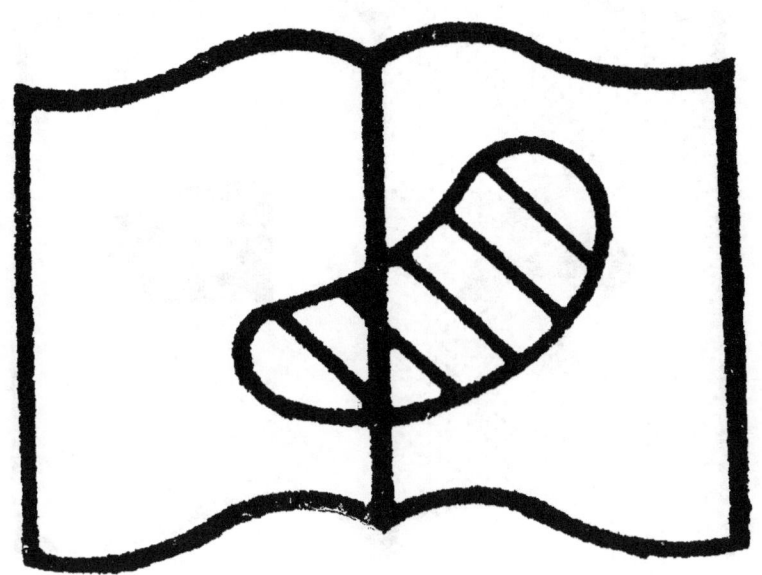

Illisibilité partielle

VALABLE POUR TOUT OU PARTIE
DU DOCUMENT REPRODUIT.

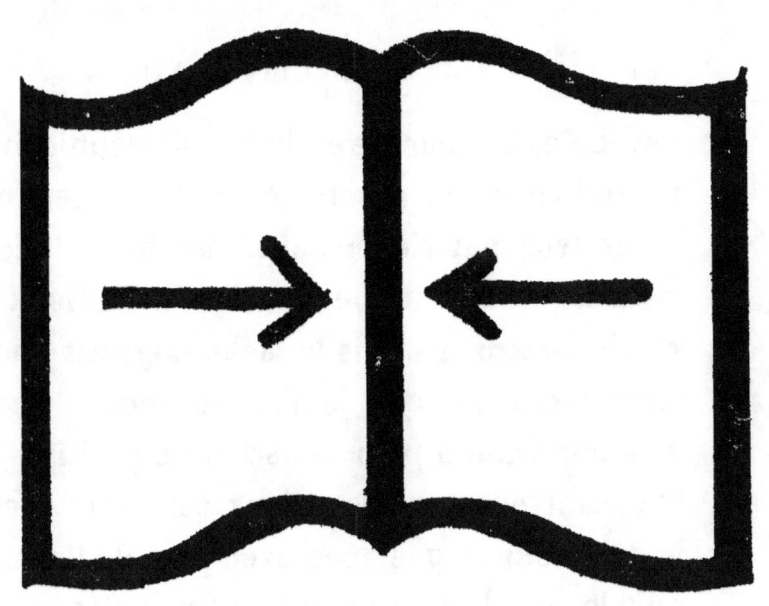

RELIURE SERREE
Absence de marges
intérieures

psychologie moderne et de la philosophie évolutionniste. Je l'affirme absolument ; mais je sens que pour
le prouver matériellement il me faudrait écrire une
seconde étude dont le caractère minutieux fatigue-
rait le lecteur. Et puis la tâche exigerait une compétence technique que je n'ai pas encore, malgré ma
vive admiration pour les sciences positives, et mon
incessant effort à les mieux connaître. Cependant
je dois donner quelques exemples de l'analogie qui
relie les conclusions en apparence toutes spéculatives
de M. Séailles et la découverte de la science contemporaine.

* *

M. Séailles affirme que le but de l'art est la création d'un monde supérieur, plein d'une harmonie
que notre monde réel ne présente jamais. Or d'où
proviennent les dissonances que nous offre la réalité de ce monde imparfait ? De ce que tout organisme est altéré par des circonstances ou des conditions funestes, de même que tout sentiment, toute
action ; et ainsi sont dérobées à nos yeux les lois
éternelles qui régissent l'univers, et lui donnent une
sanction certaine. C'est pour cela que notre esprit
cherche un asile et une consolation dans les sphères

idéales où ces éléments ne sont plus entravés, où ils s'unissent dans une harmonie inempêchée.

Or ces sphères idéales, et cependant concrètes, l'art seul peut les créer. Rappelons-nous maintenant en quels termes est définie l'essence de l'art dans le plus parfait cours d'esthétique dont puisse s'enorgueillir notre siècle ( ). « L'œuvre d'art a pour but de manifester quelque caractère essentiel ou saillant, partant quelque idée importante, plus clairement et plus complètement que ne le font les objets réels. Elle y arrive en employant un ensemble de parties liées dont elle modifie systématiquement les rapports. »

Je prie que l'on compare cette glorieuse définition, empruntée au grand historien de la littérature anglaise, avec la définition de M. Séailles. N'est-ce pas, sous d'autres formes, la même pensée ? Et ai-je besoin d'ajouter que l'auteur de cette citation est M. Hippolyte Taine, le plus puissant génie critique du dix-neuvième siècle, le créateur de la critique littéraire stricte en France et en Europe, enfin l'un des savants les plus achevés de notre époque, qui, égal aux premiers savants anglais par la hardiesse et l'impartialité de ses hypothèses, les dépasse tous par l'incom-

---

(1) Philosophie de l'art, par M. Taine : tome I (*De la nature dans l'œuvre d'art*) p. 47.

parable éclat du style, le charme d'une forme que
nul écrivain anglais n'a pu posséder.

* *
*

Mais il y a des hommes pour qui une loi n'est
pas vraie, aussi longtemps qu'elle n'a pas été confirmée par les géniaux fondateurs de la doctrine évolutionniste. A ces fanatiques du positivisme anglais je répondrai en peu de mots. L'œuvre entière,
un peu confuse, mais très précieuse, de M. Séailles,
se résume dans le syllogisme suivant : Le concept
créateur, germe de l'œuvre future, se manifeste dans
l'esprit de la même façon que le rêve de l'hallucination, avec cette différence qu'il tend à s'incarner
dans une forme concrète. Or on sait que le rêve et
l'hallucination se manifestent dans l'esprit soudainement, spontanément, indépendamment de notre
volonté. Donc la création artistique doit être un fait
psychique également spontané, soudain, indépendant de la volonté.

Or le même syllogisme est appuyé par quelques
découvertes de psychologues célèbres et novateurs.

* *
*

En comparant la formation de l'œuvre d'art à la
formation passive des rêves ou des hallucinations,
M. Séailles répète une des thèses préférées du grand
penseur anglais Georges Lewes. Lewes a toujours
affirmé l'unité de notre activité consciente et notre
activité inconsciente. Partant de ce fait que toute
impression des sens doit se refléter dans une sensation ou une réaction réflexe, Lewes mit dans les
phénomènes du rêve et de l'hallucination un état
habituel de la pensée psychique, où les impulsions
soudaines des centres nerveux ne se laissent pas
aussitôt comparer avec la réalité. On sait que la
force de notre imagination nous permet de nous
transporter dans un pays éloigné, ou dans un passé
tout à l'heure indifférent. Dans ces cas, le système
nerveux provoque l'association des idées sous l'influence d'impulsions intérieures. Mais nous ne perdons pas alors de vue notre état véritable parce que
nous pouvons tout de suite, rouvrant les yeux ou
fermant le livre, nous convaincre que nous sommes
dans notre chambre, que les aventures des héros
du roman lu ne nous touchent pas directement. Au
contraire, dans l'état d'hallucination ou de rêve,

surgissent en nous des réminiscences d'impression passées : et comme nous ne pouvons pas confronter ces images avec la réalité, nous croyons à leur réalité objective. Et nous en faisons, inconsciemment, le point de départ de toute une série de pensées, d'images, etc., n'ayant aucun rapport avec les faits de la vie réelle. De même la conception de l'œuvre d'art est la création de séries d'images auxquelles ne répond aucune réalité.

Ainsi Lewes est amené à dire que notre pensée ne cessant jamais, notre vie entière est un rêve, avec seulement cette différence que, dans le rêve véritable, l'image provoquée par nos associations intérieures, s'exerce librement, sans être empêché par les contraintes de la réalité.

Mais, nous dira-t-on, si les phénomènes du rêve sont des faits normaux de la vie intellectuelle, la création artistique, qui est de même nature, doit se laisser expliquer par la loi commune de l'association ? Oui, répondrais-je, assurément.

Rappelons nous ce que dit l'un des fondateurs de la psychologie associationniste, M. Bain, qui, naturellement, explique par la loi universelle de l'association, tout travail artistique. Après avoir déterminé les divers modes d'association il déclare que : « grâce à l'association, notre esprit possède le moyen de créer des combinaisons extérieures différentes de ce que présente l'expérience : ce genre d'association constitue les associations artistiques (1). »

Cette loi, découverte par un penseur si compétent et si autorisé, nous apparaît d'une énorme portée. Il est vrai qu'elle donne à la thèse de M. Séailles une plus grande rigueur scientifique, et atténue, en apparence, sa hardiesse. Mais elle nous prouve que la science expérimentale doit reconnaître dans la création artistique une classe d'association distincte, irréductible à toute autre.

Ne reconnaît-on pas dans cette loi scientifique de Bain la confirmation des théories esthétiques de Gabriel Séailles ?

Aussi bien c'est une grave erreur de croire que la philosophie contemporaine, constituée par le travail de ses devanciers, Bacon, Locke, Leibniz, Kant, Condillac et Montesquieu, la philosophie qui aujourd'hui, dans la théorie de l'évolution, a pu confirmer la doctrine du vieil Héraclite sur l'universel changement, que la philosophie évolutionniste exposant en psychologie la méthode expérimentale employée déjà par Locke, Berkeley, Hume, puis par

---

(1) Senses and Intellect.

Reid, Dugald Stewart, Condillac, Herbart, Muller, Vulpian, Ribot, Bain, Spencer, Stuart-Mill; c'est une erreur de croire que cette philosophie ait pour but l'entière destruction du dogme de la liberté humaine. La donnée du déterminisme actuel, sous ses diverses formes, ne détruit nullement la liberté de vouloir : elle nous la représente seulement sous une lumière spéciale au point de vue des rapports qui relient cette liberté aux lois universelles de la nature. Il est puéril de comparer au sensualisme étroit du dix-huitième siècle, cette large et sublime doctrine de l'évolution. Comme le dit le psychologue français M. Ribot, « les faits volontaires sont soumis à la loi universelle de la causalité ». Malgré moi, lorsque je m'extasie devant les gigantesques découvertes de la psychologie contemporaine, toujours, dans mes ténèbres de profane, je pense à l'injustice du sort et de la science contemporaine à l'endroit d'un penseur admirable, dont Lewes précisément a, dans son *Histoire de Philosophie*, traité la doctrine avec le plus de mépris ; tandis que tout récemment un des derniers Mohicans du spiritualisme français, M. Janet, consacrait à son œuvre une étude plus impartiale, je veux parler ici de l'auteur de ce livre, dénigré je ne sais pourquoi : *Le Vrai, le Beau et le Bien* Je comprends qu'il convient de rejeter la dialectique, la métaphysique, toute la partie positive de l'œuvre de Cousin. Mais est-ce que les tendances et les actes de ses études, cette impartialité de l'éclectisme tant dénigrée, n'ont pas constité la force, précisément, de la philosophie évolutionniste ? Est-ce que la véritable donnée de la science n'est pas la recherche d'un lien unissant les phases en apparence opposées de la vie ? Est-ce que le penseur ne doit pas avant tout, dans le chaos des naïvetés et des erreurs des systèmes passés, chercher l'étincelle d'éternelle vérité qui a été la raison d'être de ces systèmes et les a unis au cours ultérieur de la pensée philosophique. Est-ce que la science sociale, dont la méthode expérimentale est l'arme essentielle, ne tend pas à une solution éclectique de ses problèmes ? Comme le fait observer justement M. Janet, M. Spencer n'a-t-il pas involontairement exprimé l'éclectisme qui fait la force de sa doctrine lorsqu'il a dit : « Toute école doit admettre, dans l'école adverse, les vérités qu'elle ne peut nier. Toute école doit se persuader qu'il y a dans l'école opposée un élément de vérité qu'il importe de découvrir, et qui peut devenir la base d'une prochaine conciliation. »

C'est précisément à la conciliation des écoles adverses et fanatiques qu'à toujours tendu l'école éclec-

tique, sous la direction de l'éminent traducteur de
Platon et de Proclus. Mais qui voudrait le reconnaître, aujourd'hui que la Némesis évolutionniste a
donné au mot même d'éclectisme une couleur sura-
née et un peu ridicule ? Mais les mots, les théories
entières peuvent disparaître, après avoir joué leurs
rôles dans la pensée humaine. Les données vraies
et durables se transmettent aux écoles nouvelles qui
les enclavent seulement de classification et des ter-
mologies nouvelles.

Je serais heureux de pouvoir terminer mon compte
rendu du livre de M. Séailles en citant sur ce livre
le jugement d'un critique plus compétent. Et précisément il vient de paraître en Russie un remarquable
ouvrage, qui traite également de la création artistique
au point de vue des dernières investigations scientifiques, et qui contient, entre autres, une large
appréciation de l'*Essai sur le génie dans l'art.*

L'auteur de ces études est l'un des plus admirables et des plus sympathiques écrivains russes,
M. Piotr Boborykine, dont devra s'occuper tout
historien de la civilisation russe contemporaine, tant
a été puissante et salutaire son influence sur les esprits de notre temps. Romancier remarquable par
une intuitive analyse des mœurs contemporaines ;
dramaturge doué d'un véritable génie scénique, au-

teur de deux vrais chefs-d'œuvre de la comédie
psychologique de mœurs, de l'*Enfant* et du *Docteur
Mochkof*, enfin, au point de vue de sa critique, un
des plus grands talents, incontestablement, et des
plus autorisés de la Russie contemporaine, profond
psychologue, brillant styliste, notateur pénétrant des
nouveaux courants littéraires, analyste d'une rare
impartialité, au courant de toute la littérature européenne, M. Boborykine, en même temps qu'il est
tout cela est encore — il y a de ces miracles — un
savant modeste. Je suis sûr que M. Boborykine ne
voit en lui-même qu'un ami de la science, et qu'il
considère ses œuvres scientifiques comme une pure
affaire de vulgarisation. Et ce pendant il n'en est
pas ainsi. Les études de M. Boborykine pourraient,
s'il les réunissait, former trois ou quatre volumes
de considérations originales et profondes, et plus
encore : une revue complète de toutes les grandes
découvertes qui depuis vingt-cinq ans ont donné à
la philosophie évolutionniste une si admirable flo-
raison. Combien M. Boborykine possède de dons philosophiques, de connaissances scientifiques, de talent pour les réunir en synthèse, c'est ce que prouvent
surtout ses récents travaux sur la psychologie de
l'art ; ce grand écrivain y a recueilli les données de
toute la science occidentale pour les résumer dans

une brève étude. Sans parler de l'influence qu'a pu
avoir l'admirable carrière littéraire de M. Boborykine, — toute œuvre d'art véritable (et M. Boborykine en a tant écrit, et de si véritables !) n'a-t-elle
pas une influence sur la civilisation générale — la
masse de ses conférences, de ses articles, etc., a incontestablement joué un rôle fondamental dans
l'histoire de la civilisation russe. Les compatriotes
de M. Boborykine, à mon avis, ne savent pas apprécier suffisamment ses mérites et son talent. Peut-
être essaierai-je un jour de définir plus longuement
les qualités caractéristiques de cet écrivain incom-
pris, et qui incarne dans ses œuvres toute une
époque de la civilisation russe. Mais ici je dois me
borner à citer quelques passages qui terminent,
sur le sujet qui nous occupe, l'étude de M. Boborykine. Ils résument l'opinion de tous les esprits avan-
cés et compétents, sur la question de la création
artistique et donnent la raison d'être du livre de
M. Séailles.

Après avoir marqué le fondement scientifique des
raisonnements métaphysiques de M. Séailles, et des
conclusions plus rigoureuses d'un autre analyste
de l'essence de la création artistique, après avoir
attiré l'attention des lecteurs sur la parenté entre
plusieurs hypothèses de M. Séailles et les découver-

tes de la psychologie anglaise, parenté que j'ai plus
haut considérée largement et minutieusement,
M. Boborykine termine par un résumé de son étude,
dont je veux citer les phrases principales :

« L'acte créateur est un acte spontané, involontaire, mais sa fortuité n'est qu'apparente. En réalité
l'acte créateur résulte de mille impulsions en conflit, dont l'action commune constitue précisément
le déterminisme universel. La capacité de la création artistique a été déterminée d'une façon claire et
incontestable. Nous avons vu que le psychologue
anglais Bain la nomme une association d'idées
créatrices : formule très heureuse et très commode,
parce qu'elle montre aussitôt le rapport de la création artistique avec la loi universelle de l'association....

» Notre raison, dans la sphère de la création artistique, nous permet seulement de nous rendre compte
de ce qui est déjà créé. Mais elle ne prend aucune
part à l'invention de l'œuvre, à l'heureuse création
des images. Le conception de l'œuvre se développe
en vertu des lois générales de l'existence psychique.
L'œuvre est une personne organique ; en tout cas
un état organique déterminé, qui tend à s'exprimer
sous la forme concrète de l'art.

» La conception et la forme où elle s'incarne sont

inséparables, de même que l'impression et la sensation qui en résultent. Ces deux ordres sont également
régis par la loi des réflexes.

» La réalisation de la conception créatrice exige le
travail, la connaissance, et le jugement critique :
mais la valeur de l'œuvre dépend de la sincérité de
l'effort, de l'inspiration, de l'intensité et de la plasticité des images spontanément surgies.

» Les formules du réalisme, du naturalisme, de
l'idéalisme ou de l'utilitarisme, n'expriment que les
conceptions partielles de l'art : le but de l'art n'est
ni la reproduction de la nature ni la lutte au nom
des idées de moralité et de justice. La création est
un produit spontané de l'âme humaine. La science,
le développement de notre esprit, nous forcent à
chercher l'harmonie entre la vérité du monde extérieur et la vie spontanée de nos images internes. En
ce sens, la création artistique a toujours été, est,
sera toujours, une création d'organisation idéaliste,
c'est-à-dire résultant avant tout d'une idée.

» Si le beau esthétique et la création artistique sont
la forme suprême de l'existence mentale, les idéaux
de l'ordre moral doivent trouver leur place dans
les beaux arts. »

GUY DE MAUPASSANT

GUY DE MAUPASSANT

UNE VIE

M. Emile Zola avait eu l'idée, il y quelques années, de publier un recueil de nouvelles écrites
exclusivement par les écrivains de l'école natura-
liste. Le livre devait être, en quelque sorte, le
résumé des moyens et des tendances du parti.
M. Zola y a inséré lui-même un véritable bijou
artistique, une nouvelle : l'*Attaque du Moulin*, qui,
par la splendeur du style, la maîtrise du coloris, la
force de développement du motif principal, doit être
mise au rang des plus précieuses créations du remarquable écrivain. Cinq ou six récits, dans le volume,
sont l'œuvre des amis et des adeptes du maître.
MM. Hennique, Huysmans, Céard, Alexis.

Sans vouloir diminuer la portée littéraire des récits de ces écrivains de talent, je dois constater que si ce nouveau *Décaméron* a produit partout une certaine impression et a rencontré un certain succès, il en est surtout redevable au travail de M. Zola, et à la nouvelle de l'un de ses collaborateurs, qui, par l'intensité de talent qui la caractérisait a fait beaucoup de tort à ses voisines. Le nom de son auteur est devenu, d'emblée, illustre, et l'opinion publique a aussitôt découvert en lui un talent de premier ordre, original et sympathique. C'était un ami de M. Zola, un disciple et un parent de Gustave Flaubert, un jeune homme, M. Guy de Maupassant, qui n'avait jusqu'alors publié qu'un acte assez faible : *Histoire du Vieux temps*, et un tome de vers très remarquables édités sous le titre modeste et caractéristique de : *Des Vers*. La nouvelle *Boule de Suif* acquit à l'auteur une célébrité que n'atteignent pas, après de longues années d'efforts, des centaines d'écrivains qui débutent en France, chaque année. Il est vrai de dire qu'il y a peu de débutants pareils à celui-là. Son récit se faisait remarquer par la profondeur de l'analyse, la vérité des caractères, pris sur le vif de la nature, l'originalité de la forme, qui la distinguait des autres nouvelles, dans ces *Soirées de Médan*. Mais le trait dominant et le plus

précieux du talent de M. de Maupassant, la personnalité, surtout, s'est manifestée de suite, dès ce
début, et a aussitôt été appréciée du public. Une
connaissance du cœur humain empreinte d'une
étonnante maturité, du cœur humain avec ses
bassesses, son égoïsme, ses faiblesses, rayonnait déjà
dans le premier récit du jeune auteur. Ce n'était
point cependant la manière littéraire des disciples
de M. Zola, ni la sombre élévation du maître ; une
façon personnelle de considérer la vie se trahissait
déjà dans ces premiers pas, d'ordinaire si incertains,
si heureux cette fois. « Vous serez content de la
nouvelle de Maupassant, écrivait Flaubert à M. Zola
avant l'impression du livre : ce chef-d'œuvre profondément humain lui vaudra certainement la gloire. »
Dans ces quelques mots du parent, de l'ami et du
maître de Maupassant était enfermée déjà toute la
caractéristique littéraire du jeune auteur d'*Une
vie*. Au groupe des profonds observateurs de la
nature humaine, de ses mystères et de ses énigmes,
arrivait un maître nouveau dont la force principale
devait être, précisément, la connaissance du cœur
humain, une connaissance hautaine et impitoyable.
M. de Maupassant, de même que Flaubert et M. Zola,
appartient à ces penseurs qui trouvent qu'il n'y a
rien de bas dans la nature, que tout, dans l'harmo-

nie universelle, est également beau et légitime, et donc que tout, dans la vie, peut être soumis à l'analyse de l'art, tandis que toute idéalisation de la vie est un mensonge inutile : car le monde est par lui-même assez beau et assez idéal dans son équilibre. C'est d'ailleurs à peu près le seul trait commun de son talent avec le talent du maître des *Rougon Macquart*. Car nous trouvons en lui un tempérament tout à fait original et personnel, encore qu'il ait poussé sur le terrain du naturalisme. Nous essaierons de montrer plus loin en détail ce qui constitue son originalité.

Après le succès inespéré de *Boule de Suif*, M. de Maupassant écrivit une foule d'autres récits ou nouvelles, dont aucune ne surpassa la première, et qui jetèrent seulement une lumière plus vive sur les qualités extraordinaires de son tempérament artistique. Pour la carrière littéraire du jeune écrivain c'étaient des victoires improductives. Chacun savait déjà que M. de Maupassant avait du talent; mais chacun était curieux de voir quelle tournure aurait ce talent dans une œuvre achevée, dans un livre représentant non l'esquisse d'un moment, mais le développement complet de caractères, de passions et d'intrigues. M. de Maupassant aurait dû immédiatement après *Boule de Suif*, produire un véritable récit, une de ces œu-

vres qui décident de l'avenir littéraire pour un
écrivain : après l'heureuse phase de ses brillants
débuts, on espérait de lui quelque chose dans le
genre de *Madame Bovary*. Nous verrons jusqu'à
quel point se sont réalisées ces grandes espérances.
Peut-être a-t-il écrit un peu tard son remarquable
roman d'*Une vie*, et peut-être a-t-il abusé un peu
de la patience des lecteurs et de la critique en pu-
bliant trop assidûment ses esquisses : bien que même
dans ces petites choses, son énorme don d'observation et la profondeur de son jugement psychologique
apparaissent clairement. « C'est assez, disait cependant le célèbre critique Sarcey avec sa bonhomie et
son bon sens habituel, c'est assez. Vous n'écrivez
que des esquisses qui n'épuisent point leur matière
et dont le sujet se joue presque toujours dans un
monde dont il ne vaut pas la peine que l'on parle ;
vous analysez exclusivement la vie de femmes qu'il
serait trop poli de nommer des cocottes. Ecrivez donc
quelque chose d'humain. Il y a d'autres créatures
dans le monde. Celles-là commencent à devenir
fatigantes. » Et M. Sarcey avait raison. Ces sujets
devenaient fatigants. Il est inutile de dire à quelle
catégorie de femmes appartiennent *Boule de Suif*, les
locataires de la *Maison Tellier*, *Mademoiselle Fifi*,
etc. Et cependant dans ces esquisses, gâtées par l'ex-

clusivisme des continuels éclats d'un tempérament
passionné, combien apparaissent fréquentes des pensées philosophiques d'une étrange élévation, des passages si vrais, si pathétiques et déchirants, que seul un
talent supérieur pouvait les créer. Dans les plus
irritantes et celles qui sont malheureusement les
meilleures de ces nouvelles, dans la *Maison Tellier*,
par exemple, ou dans *Madame Baptiste*, nous pouvons nous rendre compte déjà de la méthode de
Guy de Maupassant. Il prend la créature la plus
déchue moralement ou matériellement ; en quelques
traits impitoyables, il esquisse toute l'horreur de sa
chute ; et puis, en elle il découvre tout de même
quelque chose de plus pur, quelque chose d'humain, comme le reflet de nobles germes détruits,
mais qui ne périssent jamais entièrement dans l'âme
humaine. Mais je le répète, ces nouvelles commen-
çaient à lasser tout le monde par leur monotonie, leur
caractère inachevé, et la disproportion entre leur
valeur et les capacités de l'auteur. C'est seulement
dans un récit plus long et plus travaillé, représentant un monde plus normal, et par là plus large et
plus élevé, dans un récit qui a paru ce printemps
sous le titre de *Une vie*, c'est là seulement que
le jeune auteur a donné véritablement la preuve de
son talent hors ligne.

I

Nous voudrions par une courte analyse du roman
et par la publication de quelques fragments, donner
une idée, si incomplète qu'elle doive être, de la manière subjective de l'auteur, en même temps que
de la vivacité et du caractère dramatique du fond
de l'œuvre : d'une œuvre si différente des autres, et
qui débute, cependant, comme des centaines de mé-
chants romans. Jeannine de Vaux, l'héroïne du
livre, vient de finir ses études dans un pensionnat :
elle revient chez ses parents, des propriétaires nor-
mands de fortune moyenne. Son âme est remplie des
roses espoirs de la jeunesse, son esprit occupé de
rêves de bonheur, d'amour, de joies à venir. Tout
son être tend au fallacieux royaume du bonheur, des
rêves dorés et des plaisirs supraterrestres : toutes
choses qui sont la vie même. Comme un oiseau
échappé de sa cage, Jeannine aspire à la vie, à l'action, au printemps souriant du monde. Il serait impossible de mieux peindre cette virginité de l'esprit,
du cœur et de la nature environnante. M. de Maupassant a marqué les dispositions de son héroïne en des

traits pleins d'une signification humaine universelle.
Toutes les jeunes filles de seize ans ont les rêves de
Jeannine : il n'y a rien à y retrancher, rien à y ajouter. Mais combien de fois cette merveilleuse florai-
son d'une enfant qui devient une femme sous les
souffles chauds du printemps de la vie, et du premier amour qu'ils évoquent, combien de fois a-t-on
représenté ce sujet ! Et cependant même dans cette
partie — la moins originale de l'œuvre — l'individualité artistique de l'auteur perce déjà avec une
force inaccoutumée ; elle apparaît dans la maîtrise
de la présentation des figures, de la description des
sites, de l'art de caractériser les types des acteurs.
Nous avons appelé Jeanine un type d'humanité universelle ; et cette définition ne nous semble pas
exagérée. Hélas ! il n'est guère de femme, qui,
avec des capacités moyennes, un tempérament et
une éducation moyennes, ne soit, avant le mariage,
une telle Jeannine : toutes rêvent, attendent
quelque chose ou plutôt quelqu'un, de même que
l'héroïne de M. de Maupassant. L'auteur a le don de
peindre, en quelques mots, l'homme tout entier ;
de jeter, par quelques faits de détail, une lumière
sur toute sa personne morale, il joint le talent
de l'observation à un non moindre talent d'exécution. Quelle magistrale figure est cette Jeannine dont

nous reconnaissons déjà le tempérament tout entier dans cette brève partie du roman qui précède son mariage, et qui peint une époque de la vie féminine, dénuée encore de passions et de luttes ! Nous pouvons, dès lors, deviner aisément ce qu'elle fera dans les situations ultérieures de sa vie, tant ce prototype de la femme ordinaire et simple a été tracé avec une impitoyable perfection ! Jeannine est la fille de gens ruinés, mais d'une condition matérielle encore assez indépendante, de gens excellents, mais nuls au point de vue moral. Sa mère, avec un très bon cœur, est un être maladif, infirme, apathique, toute fondue dans la lecture de romans démodés. Son père, un rêveur et un maniaque, un reste du siècle passé, sous l'influence duquel il est devenu partisan de la liberté et de la critique, un panthéiste, un libre-penseur croyant uniquement aux droits de l'homme et au contrat social de Rousseau, d'ailleurs un brave homme, mais tout à fait incapable au point de vue du caractère, de l'énergie, de la volonté, de l'expérience de la vie. De telles gens n'ont pu, naturellement, avoir la moindre influence sur leur fille. Aussi Jeannine n'a-t-elle eu que l'éducation toute conventionnelle des Françaises. Son enfance s'est écoulée dans un pensionnat fermé, où on ne lui a donné ni un réel développement intellectuel, ni une

12

idée juste du monde. Elle est sortie du couvent sans rien savoir de la vie pratique, incapable aussi de trouver un abri dans le monde abstrait de la science ou de l'idéal. Les destinées de Jeannine prennent la signification de quelque chose de général et de typique; devant nous se déroulent les images de la vie de toutes les femmes, de cette vie que créent les banalités des usages moraux, l'inanité de l'éducation des jeunes filles, les mensonges de notre civilisation. Est-ce qu'une peinture assez vive pour devenir un type général ne constitue pas un mérite au romancier ? Jeannine ne pouvait être prise d'un véritable amour, elle aspirait à l'amour comme y aspire toute âme jeune : mais avec la petitesse de son développement moral et intellectuel, elle était incapable de comprendre l'essence de l'amour. Une jeune fille de cette sorte se jette dans les bras du premier venu qui voudra lui offrir son nom, et ce qu'il y a de plus triste dans toute cette comédie de l'amour c'est que la victime croit aimer réellement, et s'imagine même que l'homme partage son amour d'un instant. Les parents, en donnant à leur fille une telle éducation et un tel développement moral l'exposent au suicide spirituel qui fut le sort de Jeannine.

Elle se marie avec un voisin, le vicomte Jules de Lamare : elle le connaît fort peu ou plutôt elle ne le

connaît pas. Rien ne l'unit à elle ; et cependant
elle l'aime réellement. Du moins elle s'imagine que
l'impression éveillée en elle par la vue de son fiancé
constitue l'amour : mais elle-même serait sans
doute incapable de dire sur quoi s'appuie cet amour,
les causes qui l'évoquent et le motivent. Tout, dans
ces pauvres pensées que crée le pharisaïsme de
notre civilisation contemporaine, tout est vain et
superficiel, jusqu'à ce que les cruelles douleurs de
la vie développent en elles, par la voie de meurtrières
expériences, des sentiments vrais et mûrs. Et cependant le charme de la jeunesse, de la santé et
de la force, est si vif que pour la future vicomtesse
le temps des fiançailles fut une époque de bonheur
et d'épanouissement. Qu'il nous soit permis pour un
moment d'interrompre le fil du récit, et de dire
quelques mots d'une figure introduite dans l'action
sans la moindre nécessité, mais conçue et représentée si admirablement qu'elle suffirait à caractériser
le génie créateur du romancier, son talent d'observation, sa façon d'entendre le but de l'art, sa connaissance du cœur humain et des cordes qui y sont
les plus faciles à émouvoir. Cette figure, c'est la
tante de Jeannine, recueillie par faveur chez ses parents, une vieille fille, une de ces créatures insignifiantes, dénuées de volonté, d'initiative, de physio-

nomie propre, qui passent toute leur vie inaperçues
même de leurs parents et de leurs proches, et dont
la mort n'apparaît à personne comme une perte. Lorsqu'on disait dans la famille : tante Lise, ces deux
mots n'avaient aucun sens moral ; il eût semblé
qu'on parlait de quelque objet inerte de la maison.
Elle appartenait à cette sorte de gens qui ne savent
point prendre part aux luttes de la vie et aux habitudes environnantes, qui n'ont pas d'histoire dans
leur vie. Et cependant il n'en était pas de même,
cette fois : cette malheureuse vieille fille, insignifiante et apathique, avait eu son roman. Un éclat de
passion qu'on raillait, encore que personne ne le con-
nût complètement, avait fait rayonner sa jeunesse fânée avant l'heure. Dans la vie du plus insi-
gnifiant des hommes il y a un moment où tout l'amas
des sentiments longtemps refoulés doit s'exprimer,
serait-ce sous une forme bizarre et ridicule. Aimer
et souffrir, c'est notre destinée universelle. Il y a
très, très longtemps, tandis que tante Lise était encore jeune, elle fut prise de quelque folie, voulut se
tuer, et à peine avait-on pu la sauver.

De quel effrayant drame intérieur cet éclat avait-il
été le dernier mot, de quelle somme de douleur, de
luttes spirituelles, de rêves brisés, d'élans empêchés
il était l'indice, l'auteur ne le dit pas. Il se contente

de nous laisser deviner le passé de ce drame, qui nous apparaîtrait assez terne si M. de Maupassant n'avait su profiter ds ce souvenir touchant pour nous découvrir, plus tard, en un moment, grâce à lui, tout le mystère de l'écrasement d'une personne raillée et timide. Et nous y voyons comment l'auteur sait trouver les sentiments humains les plus nobles et les plus délicats là où il n'y a en apparence que bigotisme, égoïsme et étroitesse d'esprit.

La nuit de printemps brille par des millions d'étoiles : elle parle aux amants de l'amour qui régit le monde, de l'éternité qui sacrera leurs sentiments, des espaces infinis. Les fiancés se promènent devant la maison. Tante Lise est restée au salon ; elle s'est chargée, par convenance, de survoiller les jeunes gens. L'heure est tardive, les parents se sont couchés. Seuls Jeannine et Julien ne peuvent se séparer ; ils continuent des rêves sans fin. Mais laissons parler l'auteur lui-même.

« Les deux fiancés allaient, sans fin, à travers le gazon, du bosquet jusqu'au perron, du perron jusqu'au bosquet. Ils se serraient les doigts et ne se parlaient plus, comme sortis d'eux-mêmes, tous mêlés à la poésie visible qui sortait de la terre.

» Jeanne, tout à coup, aperçut dans le cadre de la fenêtre la silhouette de la vieille fille que dessinait

12.

la clarté de la lampe. « Tiens, dit-elle, tante Lison qui nous regarde. » Le vicomte releva la tête, et de cette voix indifférente qui parle sans pensée : « Oui, tante Lison nous regarde. » Et ils continuèrent à rêver, à marcher lentement, à s'aimer. Mais la rosée couvrait l'herbe : ils eurent un petit frisson de fraîcheur. « Rentrons maintenant, » dit-elle. Et ils revinrent.

» Lorsqu'ils pénétrèrent dans le salon, tante Lison, s'était remise à tricoter : elle avait le front penché sur son travail ; et ses doigts maigres tremblaient un peu comme s'ils eussent été fatigués.

» Jeanne s'approcha. « Tante, on va dormir, à présent. » La vieille fille tourna les yeux. Ils étaient rouges comme si elle eût pleuré. Les amoureux n'y prirent point garde ; mais le jeune homme aperçut soudain les fins souliers de la jeune fille tout couverts d'eau. Il fut saisi d'inquiétude, et demanda tendrement : « N'avez-vous point froid à vos chers petits pieds ? »

» Et tout à coup les doigts de la tante furent secoués d'un tremblement si fort que son ouvrage s'en échappa ; la pelote de laine roula au loin sur le parquet ; et cachant brusquement sa figure dans ses mains, elle se mit à pleurer par grands sanglots convulsifs.

» Les deux fiancés la regardaient stupéfaits, immobiles. Jeanne brusquement se mit à ses genoux, écarta ses bras, bouleversée, répétant :

— Mais qu'as-tu, qu'as-tu, tante Lison ?

» Alors la pauvre femme balbutiant avec la voix toute mouillée de larmes, et le corps crispé de chagrin, répondit :

— C'est quand il t'a demandé : N'avez-vous pas froid à... à... à vos chers petits pieds !... On ne ma jamais dit ces choses là.... à moi.... jamais.... jamais.

» Jeanne, surprise, apitoyée, eut cependant envie de rire à la pensée d'un amoureux débitant des tendresses à Lison ; et le vicomte s'était retourné pour cacher sa gaîté. »

J'ignore ce que les lecteurs penseront de cette scène (assurément magistrale) ainsi écourtée et séparée du reste : mais dans le cours total du récit elle produit une impression d'une profondeur inexprimable. Dans cette scène éclate un réel comique, ayant sa source dans l'observation de la vie ; et qui, confinant ainsi au drame, éveille souvent les larmes au lieu du rire. Quelque souffle d'amour et de pitié s'élève au-dessus de cet épisode sans importance dans le récit, mais qui contient l'énigme de toute une vie humaine. Et nous n'avons guère le droit de

railler l'auteur, lorsqu'il appelle son œuvre : un document humain. Est-ce que cette scène ne nous fait
pas connaître Tante Lise, une figure digne des
Parents pauvres de Balzac, mieux que ne feraient
tous ses documents officiels et ses signalements légaux ?

Toute la conception de l'art propre à l'auteur est
exprimée dans cette scène, que nous avons citée
parce qu'elle enferme une vérité psychologique, et
montre le point culminant du développement d'un
caractère. Peu importe que ce caractère n'ait aucun
lien avec le récit lui-même : aussi bien le charme de
ce récit ne vient pas de l'intrigue ou du côté extérieur des faits ; mais seulement de la vérité morale
qu'elle contient, de la richesse des observations
psychologiques, curieuses en ce qu'elles sont générales et vraies.

Après le mariage dont l'auteur décrit fort bien les
cérémonies, les réjouissances et les festins, vient le
tour de la lune de miel, si souvent chantée par les
poètes.

L'image véridique comme une photographie de
cette vie continue à dérouler devant nous les chan-
gements de ses formes et de ses reflets ; mais on découvre dans cette magistrale description non seulement l'habileté technique — seule qualité de la pho-

tographie — mais encore une copie si magnifique des états intérieurs qu'elle est une œuvre d'art, au sens le plus noble en même temps que le plus modeste de ce mot. Qu'un auteur incapable ou doué d'un talent médiocre essaie donc de nous représenter avec la simplicité hautaine de M. de Maupassant, les événements d'une vie même aussi vulgaire que l'était la vie de Jeannine ! Et j'avouerai ouvertement que pour moi, ce genre d'art, cette complète objectivité du récit, cette analyse scientifique des faits de la vie, me sont étrangement sympathiques.

Toutefois au début de la description de la lune de miel de ses héros, M. de Maupassant est tombé dans un excès qui, s'il ne diminue pas la valeur de l'œuvre aux yeux des juges impartiaux, a cependant donné aux philistins et aux lecteurs dénués d'éducation littéraire, un motif à l'accuser de cynisme et d'immoralité.

La peinture minutieuse de la première nuit de noces, peinture toute faite au point de vue physique produit une impression désagréable : non parce qu'elle offense la pruderie, mais simplement parce qu'elle est tout à fait inutile, et n'ajoute rien à la connaissance de la vie morale de l'héroïne ; et les faits matériels ne nous intéressent qu'autant qu'ils

influent sur le développement de sa personnalité intérieure.

Pour parler comme l'auteur, toutes les premières
nuits de deux amants se ressemblent plus ou moins.
Il pourrait nous intéresser de connaître l'impression
de cet acte essentiel sur l'esprit et l'âme d'une jeune
femme. Mais il ne nous intéresse aucunement de
connaître la toilette de nuit du mari et la lutte qu'il
a soutenue avec une vierge innocente et effarouchée.
L'auteur n'a-t-il pas compris que tout ce passage
éveille la répulsion chez tous ceux qui ne cherchent
pas dans un roman les scènes et situations érotiques? Je comprends fort bien que M. de Maupassant
en introduisant cette scène, a voulu marquer combien les premières relations sexuelles provoquent le
plus souvent les sentiments les plus douloureux
dans le cœur d'une vierge,, qui ignore les passions
et ses compromis abjects. Il a voulu noter le premier désenchantement de Jeannine, un entre mille ;
il a voulu la montrer trouvant, au début même de
la vie dans cet amour idéal attendu fièvreusement,
dans le mariage, un simple et bas instinct animal.

Les premières fleurs de ses pressentiments et de
ses rêves se sont fanées en une nuit, sous le souffle
froid de la réalité : comme périssent les premières
végétations du printemps, tuées par une gelée de

mai qui survient à l'improviste. Un des plus spirituels littérateurs français me disait, pour défendre
M. de Maupassant contre des accusations hypocrites :
« Il y a bien des jeunes femmes qui diront,
ayant lu ce passage : Oh ! non, tout cela se passe
tout autrement ! » mais lorsqu'elles connaî-
tront l'impression que la découverte du secret de
a vie a laissée à Jeannine, beaucoup d'entre elles
devront tristement avouer au fond de leur cœur :
comme c'est vrai !... L'éminent dramaturge dont je
cite le propos avait raison ; mais pour établir cette
vérité psychique, était-il nécessaire de peindre les
procédés mêmes de l'amour sensuel : ne suffisait-il
pas d'indiquer son influence sur l'esprit et la conscience de Jeannine? Le lecteur devinera toujours
assez ce qui se cache sous les lignes de points classiques interrompant le cours du récit. Cependant,
pour Jeannine comme pour toute jeune femme, un
moment est venu où elle a compris les charmes
éperdus de la passion, et où elle les a elle-même
réclamés. Cet épanouissement de ses forces vitales,
produit en partie au cours d'un voyage en Corse et
en Italie que le couple avait entrepris, sous l'impression enchanteresse de la nature méridionale, qui
chante à tout ce qui est jeune la chanson enivrante
du bonheur et de la passion ; cet épanouissement

eut lieu par une journée chaude où Julien et Jeannine, voyageant en Corse, épuisés par une longue
excursion, burent ensemble l'eau glacée d'une source
dans la montagne. Leurs lèvres brûlantes s'unirent
dans un chaud baiser d'amour, le premier baiser
passionné, dans la vie de Jeannine : alors seulement
elle découvrit dans l'existence sensuelle un trésor de
joies inconnues.

Mais, malgré ces instants ravissants d'un bonheur
matériel, malgré cette survenue de joies et d'impressions que la jeune femme avait jusqu'alors igno-
rées, Jeannine était revenue chez elle déjà mécon-
tente.

Le voyage de noces, que les Français appellent si
gaiement le petit voyage, avait couvert de boue la
plupart de ses rêves ; il les avait du moins fanés,
leur avait enlevé leur ancien charme, leur couleur
supraterrestre.

Elle avait enfin vu son mari tel qu'il était réellement : un homme sans éducation, d'un tempérament méchant et brutal, un sot despotique, mal
élevé et sensuel. Le type habituel, dans sa médio-
crité mondaine, du hobereau.

Il n'y avait pas chez Jeannine un idéal, une illusion naïve mais sympathique, pas un élan enfantin
que cet homme ne blessât de sa brutalité de rustre.

Il ne comprenait pas ces manifestations miraculeuses de la nature féminine, qui a besoin, pour vivre, dés menus détails et des subtilités du sentiment ; il en était offusqué dans l'étroitesse de sa raison, il s'en irritait et il raillait grossièrement les caprices de sa femme. Lorsque Jeannine revint dans son village des Peuples, elle était devenue un être tout nouveau : triste, désenchantée, lasse, pleine de réflexions sur cette vie dont elle commençait à pressentir le néant et la fausseté.

Il serait impossible, je crois, de représenter avec plus d'art que ne l'a fait M. de Maupassant, ce moment de transition psychologique, cet état d'engourdissement, de désenchantement, de préparation cruelle à de nouveaux malheurs : état si vraiment humain, si bien connu de chacun.

Mais qu'étaient ces pressentiments en comparaison des déboires, des humiliations et des désespoirs que la réalité préparait à Jeannine, dans l'avenir ? Il est vrai qu'elle avait commencé peu à peu à se résigner (à quoi l'homme ne finit-il pas par se résigner ?) au genre de sa vie, aussi monotone et sombre que la nature, l'hiver, sur les côtes qui entouraient leur solitaire château. Le baron et sa femme, les parents de Jeannine étaient allés à Rouen, où ils possédaient une maison et comptaient passer

13

l'hiver ; le jeune couple resta aux Peuples. L'état
de leur fortune les contraignait à demeurer toujours
à la campagne, et toute la vie de Jeannine devait
désormais s'écouler dans ce triste petit château rus-
tique où parvenait seulement le bruit de la mer voisine, comme une antithèse ironique à son existence
sans but, dénuée d'idéal et de poésie.

Comme nous l'avons dit, Jeannine commençait
par degrés à s'habituer à la vie végétative qu'elle
menait. Son mari la négligeait complètement ; il
était comme un acteur qui, ayant fini de jouer son
rôle poétique, redevient un homme fatigué, bas et
vulgaire.

L'ancien amant, qui naguère parlait si brillamment de l'amour et de l'idéal, s'était transformé en
un rustre, négligeant sa toilette extérieure, buvant
en excès des petits verres de cognac après son dîner,
et traitant sa femme avec brutalité. Mais Jeannine
ne s'offusquait presque plus de cette triste métamorphose. Elle commençait à pressentir la terrible
erreur de sa jeunesse, et son amour pour Julien
s'effaçait, peu à peu, de son cœur.

Toutefois cet amour, avant de périr tout à fait,
devait blesser cruellement, de ses derniers éclats,
l'âme de la jeune femme, lui donnant à connaître tous
les tourments de la jalousie, toutes les humiliations

de la trahison. Sa femme de chambre Rosalie met au monde un enfant naturel dont elle refuse de nommer le père. Vainement Jeannine, prise de compassion pour le désespoir et la honte de cette fille, la suppliait-elle de nommer le misérable, lui promettant de tout pardonner et de s'occuper de l'avenir de l'enfant.

Ces promesses irritaient infiniment Julien. La niaise sentimentalité de sa femme révoltait son sain esprit pratique. Il conseillait de chasser simplement la gueuse avec son enfant. Bientôt cependant Jeannine devait connaître le mystère du désespoir et du silence obstiné de Rosalie. Une certaine nuit, elle trouva sa servante dans les bras de Julien ; car les époux depuis longtemps couchaient dans des chambres séparées.

Impossible désormais de conserver un doute, le père de l'enfant, le misérable que Rosalie n'osait nommer, c'était lui, son mari, Julien! Oh ! quelle trahison odieuse, vile, vulgaire et sale ! Jeannine s'imagina qu'elle n'y survivrait pas. Une folie saisit l'esprit de la pauvre femme : inconsciente, elle sortit la nuit, à peine vêtue, les pieds nus ; elle voulait fuir la maison souillée, ne sachant où elle allait, ne songeant pas qu'elle pouvait trouver la mort dans cette démarche désespérée. A quelques cents mètres

de la maison, elle tomba dans la neige et la boue.
Elle devint malade gravement. Ses parents, infor-
més, arrivèrent en hâte aux Peuples. Un drame de
famille déchirant s'engagea. Julien niait tout, traitant les accusations de sa femme de divagations de
fièvre. Mais Rosalie fut forcée à avouer toute la vérité, sous serment. La bassesse de la trahison, la
misérable hypocrisie de Julien, la corruption de sa
nature, tout cela devint clair et intelligible pour
Jeannine ; tout cela tua en elle, à jamais, tout amour
et toute liaison avec le misérable auquel elle s'était
livrée pour la vie. Mais de tels sentiments ne meurent point d'un coup ; leur agonie laisse des bles-
sures que le temps seul peut guérir. Il y a d'ailleurs
des humiliations qui laissent dans l'âme, à jamais,
une trace sanglante ; la dignité de la femme, de
l'épouse, avait été outragée en Jeannine, trop cruellement et trop bassement. Qui décrira, qui exprimera les chagrins d'une femme amoureuse trahie et
raillée ; les mystères de son désespoir, lorsqu'elle
reconnaît la vérité de la vie, c'est-à-dire le néant et
la fausseté d'à peu près toutes choses ? — « Quand
ont commencé vos relations ? demandait-on à Rosalie. — Le premier jour de l'arrivée de M. Julien
aux Peuples au moment où il commençait à faire la
cour à Mademoiselle... — Et après notre retour d'I-

talie ? — Le premier soir il est venu me trouver !
— Oh ! quelle infamie, quelle bestiale horreur ! Et
le traître osait encore se défendre, mentir si effronté-
ment et si obstinément. » Elle voulait maudire son
mari, lui dire en face toute sa haine et tout son mépris. Mais le médecin qui était près d'elle, lui prit
la main et lui dit : « Calmez-vous, madame, toute
émotion vous est plus funeste que je ne pourrais
dire... Vous êtes enceinte. » Des sphères de vues
inconnues, des buts indéfinis mais déjà chers, se
rangèrent subitement devant elle. Elle ne savait pas
encore comprendre leur élévation ; mais la pensée
que dans son sein reposait un être vivant, avait
d'emblée éveillé en elle la mère. Elle vit l'aurore
d'une existence nouvelle : de la maternité. Et cependant l'impitoyable vie empoisonnait même la
première certitude du nouveau bonheur qui allait
éclairer le sort de Jeannine. Cette certitude lui était
venue dans l'instant d'une affreuse douleur, du plus
écœurant scandale domestique.

Comme nous sentons bien que tout l'état intellectuel de la pauvre femme a dû être tel que nous
le représente l'auteur ? Comme nous comprenons
qu'elle n'a rien pu dire à son mari humilié, mais ce
seul mot que lui met dans la bouche l'écrivain analyste : « Il y a que nous savons toutes vos infamies ;

il y a que l'enfant de cette bonne est à vous..
comme... comme le mien. Ils seront frères. » Et une
affreuse désolation l'envahit lorsqu'elle eut dit cette
vérité cruelle. Mais que peut faire, en présence de
ce vil drame de la vie, une femme malade et trop
bonne, vivant toute des élans de son cœur, et surtout à la veille d'une époque de la vie commune
aussi haute que la naissance du premier enfant ?
Cette femme doit pardonner. Et Jeannine pardonne.
Tout son être intérieur est désormais rempli par
l'idée de son enfant, et lorsque, après les angoisses
de l'accouchement, elle a entendu le premier cri du
nouveau-né, elle s'est, en un moment, sentie ranimée
et heureuse, plus heureuse que jamais. Elle était
mère. Elle se sentit suffoquée par l'excès de son bonheur. Elle comprit qu'elle était sauvée, qu'elle avait
de nouveau un but dans la vie, un être à aimer de
toutes les forces de son esprit et de son cœur. Tous
les autres sentiments disparurent dans cet épanouissement de ses forces aimantes, fondues en cet attachement nouveau. Nous avons vu Jeannine enfant,
croyant à l'amour, aux roses promesses de la jeunesse ; nous l'avons vu aimante et épouse, perdant
un à un tous les idéals de son cœur. Maintenant nous
assistons à sa transformation en une mère, vivant
seulement pour son enfant. N'est-ce pas l'histoire

de toutes les femmes, leur destinée commune ? Déjà
les humiliations passées, déjà ses malheurs et ses
déceptions n'existaient plus. Elle sentait son âme
envahie d'un sentiment trop despotique et trop en-
soleillé. Elle ne pensait même pas à son mari ; il
pouvait l'outrager à son gré, commettre encore de pires infamies ; il n'arriverait jamais à lui
arracher l'aliment de joie naturel que Dieu avait envoyé à la malheureuse. D'ailleurs, il était maintenant pour elle un étranger ; car Jeannine, toute
adonnée à l'amour maternel, était par degrés devenue indifférente à tout, et même à ses parents naguère tant chéris. Aussi, lorsque Julien fut parvenu
aux dernières limites de l'infamie, lorsqu'il eut avec
le baron une scène terrible parce que le père de
Jeannine avait promis à Rosalie 20,000 francs sur
sa fortune propre, comme un fonds pour l'enfan
et une dot pour elle, la lâcheté de son mari ne
put blesser ni troubler Jeannine. « C'est étonnant, dit-elle à son père, qui, froissé dans ses
sentiments philosophiques les plus chers d'huma-
niste philanthrope, voulait souffleter son gen-
dre : c'est étonnant ; les actions de mon mari, à
présent, ne m'intéressent plus le moins du monde.
Il est pour moi tout à fait étranger. C'est comme si
je m'étais déshabituée de l'idée que je suis sa

femme. » Et il n'y a, dans ses relations nouvelles
rien d'étonnant pour nous, à qui l'auteur permet
de voir les plus secrets abîmes du cœur, le développement psychique le plus minutieux de l'héroïne. Julien devait devenir un homme indifférent
et étranger pour sa femme, après toute une série
de basses brutalités, qui avaient soufflé sur son enfantin mirage de l'amour ; après une trahison qui
avait tué en elle les derniers sursauts d'un sentiment, qui d'ailleurs n'existait pas réellement ; enfin
après cette métamorphose miraculeuse qui, d'une
amante ou d'une épouse, fait une mère. Et les
femmes déçues dans leur amour deviennent précisément des mères fanatiques, pénétrées des sentiments nouveaux qui leur font voir le sort du monde
entier dans le sort du petit être qui est le sang, la
propriété, la consolation, la raison d'être de la femme.
Et avec quel talent, avec quelle maîtrise l'auteur
prouve la nécessité de cette transformation ! Comme
il justifie remarquablement cette vérité psychologique, non par un raisonnement abstrait, mais par
le développement logique et continu du caractère
qu'il met en scène ! Jeannine était si profondément
enfoncée dans ce sentiment nouveau pour elle que
la découverte d'une seconde trahison de son mari
n'éveilla pas en elle son ancien désespoir, ni l'irri-

tation d'autrefois. Cet homme n'existait plus moralement pour elle. Un abîme de douleur et de honte
les séparait à jamais. Cette fois cependant la trahison de Julien était plus esthétique, et ce Don Juan de
village avait trouvé sa victime dans la personne
d'une femme mariée, d'une dame aristocratique et
fière. C'était une voisine, la comtesse Gilberte de
Fourville. Des relations amicales s'étaient établies
entre cette famille et les châtelains des « Peuples ».
Gilberte était belle et spirituelle, peut-être trop ner-
veuse et affectée. Son mari, le comte, était un bon
géant, naïf, loyal, aimant sa femme au-dessus de
tout, avec sa culture et sa chasse. Le noble cœur
de Jeannine, se fiant aux apparences, ne soupçon-
nant aucune trahison, ne remarqua point la fausseté de la comtesse, ni l'évident changement dans
la manière de vivre de Julien, qui était redevenu
aimable, élégant et spirituel.

Elle voyait dans Gilberte une amie, et elle avait
engagé avec le comte des relations d'une amitié sincère et loyale ; il y avait en effet, à les unir, l'égalité
de leurs tempéraments, la même façon tranquille et
claire de considérer les hommes et le monde, une
égale naïveté et bonté de cœur. Aussi lorsque la trahison lui fut devenue évidente, songea-t-elle d'abord
au pauvre géant que la révélation tuerait, et elle prit

13.

le parti de ne point révéler l'odieux mystère. D'ailleurs aucune révolte dans son cœur. La vie lui avait
permis de reconnaître que la trahison est son essence même, qu'elle empoisonne tout bonheur,
tout acte humain, et que la plus grande vertu de
l'existence est la résignation. Elle ne sentit ni jalousie ni haine, à peine du mépris. Elle ne songea
même pas à Julien ; mais elle fut indignée de la trahison de la comtesse, son amie. Ainsi chacun au
monde doit trahir et mentir. Et les larmes brillèrent
dans ses yeux. Nous pleurons souvent des illusions
aussi amèrement que des morts. Elle résolut de n'aimer désormais que Paul, son fils, et ses parents, et
puis de supporter patiemment toutes les déceptions
et tous les malheurs. Je prie que l'on remarque la
profonde connaissance psychologique qui caractérise
tout cet épisode du récit ; la première action de Jeannine, après la découverte de la nouvelle trahison,
dont elle fut victime, fut de se jeter sur son enfant,
de le couvrir de baisers, et puis elle ressentit le
désir, oublié depuis son enfance, de revoir ses parents. Le cœur déçu, blessé par une récente douleur, a plus besoin que jamais d'un excès d'amour,
retourne aux anciens attachements, aux êtres chéris
de l'enfance et du passé, qui restent, lorsque sont
mortes déjà les illusions de la jeunesse, et que

nous n'apprécions qu'alors. D'autre part l'enfant
donne la promesse d'un avenir meilleur, et, dans
un long élan d'amour, la femme demande à ses
baisers encore inconscients une régénération et
un soulagement, après les chagrins et les humiliations actuelles. Le même jour Julien, sans soupçon-
ner la découverte de sa femme, eut un moment
d'amabilité inaccoutumée, daigna dire : « Est-ce que
tes parents ne viendront pas nous voir, cette année? » Et Jeannine avait son mari dans une indifférence telle que, pour ces quelques mots qui concor-
daient avec sa disposition intime, elle lui pardonna
sa nouvelle trahison, non moins odieuse que l'autre.
Les parents de Jeannine arrivèrent aux Peuples
bientôt après. Chacune des actions de l'héroïne est
une véritable révélation psychologique, un phénomène mental logiquement motivé, et il nous faut
admirer l'art du penseur qui ne trouble jamais d'une
note fausse la splendeur de cette peinture de la vie
d'une femme. Elle se sentait si seule au milieu de
l'hypocrisie et du mensonge qui régissent le monde.
Mais qu'est-ce la vie, sinon la série des pertes successives, des douleurs et des déboires ? Et qu'est-ce
que doit représenter le fidèle historiographe de cette
triste comédie de la vie, sinon les misères morales
sans cesse plus cruelles qui, brisant les saints espoirs

et foulant aux pieds la sainte foi de la jeunesse, traînent l'homme par leur chemin à la vieillesse et à la mort ? Nous avons vu Jeannine déçue dans ses rêves de jeune fille ; nous avons vu comment elle a perdu peu à peu la foi dans l'amour et le bonheur conjugal. D'ordinaire, dans cette époque de pertes morales et de deuils intérieurs, qui obcurcissent de leur nuage la vie de tant de femmes, arrivent aussi des pertes matérielles, des deuils extérieurs, souvent également cruels pour des âmes aimantes. Une loi de la vie exige la mort nécessaire de tout ce qui est vieux et fané ; tout cela doit céder la place à de jeunes pousses, pleines d'énergie et de sucs vivants. Nous voyons mourir tous ceux que nous avons aimés dans notre jeunesse et dont le rôle est fini, de même que dans un âge plus mûr nous pleurons presque toujours les illusions mortes des jeunes années. Le destin devait maintenant envoyer à Jeannine un malheur tel ; c'est la sombre logique de la vie. Et en effet, après la terrible agonie intérieure de son amour pour son mari, arrive le drame de la mort physique d'un des êtres les plus proches d'elle, de sa mère, qui meurt peu de temps après sa venue aux Peuples. Et toute la série des angoisses morales qu'évoque dans l'âme d'une jeune femme le spectacle de la mort lente de sa mère nous est représen-

tée avec une vérité déchirante, avec une exactitude
stupéfiante dans la notation de toutes les phases de
l'horrible drame intérieur, depuis le premier pres-
sentiment éveillé en Jeannine par la vue des chan-
gements de sa mère, durant leur séparation, jusqu'à
la scène magnifique des derniers adieux, lorsqu'elle
passe une nuit entière en méditations désespérées
auprès du corps de sa mère. Cette scène, où le talent de l'auteur atteint à son point culminant, est
écrite d'une façon si géniale (je ne recule pas devant
ce mot), elle figure un tel chef-d'œuvre d'analyse
psychique et d'élévation poétique, que, sans considérer d'autres passages peut-être discutables du
livre, certaines fautes ou certains excès, cette seule
scène permet d'appeler Guy de Maupassant un littérateur d'un énorme talent, et lui assure une place
dans le groupe des puissances de la pensée et de
l'art en France.

Je ne puis résister au désir de faire connaître aux
lecteurs une partie au moins de ce passage splen-
dide, où le lyrisme le plus élevé se joint, dans une
étonnante harmonie, avec le réalisme le plus écla-
tant et le plus profond. D'ailleurs l'épisode dont je
parle se termine d'une façon que la critique française a blâmée, et que je considérerai plus tard simplement parce qu'elle nous donne encore une fois

l'occasion de reconnaître les moyens et les buts du parti littéraire auquel appartient M. de Maupassant, le réalisme.

« Jeanne ferma la porte, puis alla ouvrir toutes grandes les deux fenêtres. Elle reçut en pleine figure la tiède carresse d'un soir de fenaison. Le foin de la pelouse, fauché de la veille, était couché sous le clair de lune.

Cette douce sensation lui fit mal, la navra comme une ironie.

Elle revint auprès du lit, prit une des mains inertes et froides, et se mit à considérer sa mère.

Elle n'était plus enflée comme au moment de l'attaque. Elle semblait dormir à présent, plus paisiblement qu'elle n'avait jamais fait, et la flamme pâle des bougies qu'agitaient des souffles déplaçait à tout moment les ombres de son visage, la faisait vivante comme si elle eût remué.

Jeanne la regardait avidement, et du fond des lointains de sa petite jeunesse une foule de souvenirs accouraient.

Elle se rappelait les visites de « Petite mère » au parloir du couvent, la façon dont elle lui tendait le sac de papier pleins de gâteaux, une multitude de petits détails, de petits faits, de petites tendresses ; des paroles, des intonations, des gestes familiers,

les plis de ses yeux quand elle riait, son grand soupir essouflé quand elle venait de s'asseoir.

Et elle restait là, contemplant, se répétant dans
une sorte d'hébètement : « Elle est morte », et toute
l'horreur de ce mot lui apparut.

Seule — couchée-là — maman — Petite mère —
madame Adélaïde était morte ! Elle ne remuerait
plus, ne parlerait plus, ne rirait plus, ne dînerait
plus jamais en face de Petit père ! Elle ne dirait plus :
« Bonjour Jeannette ! » Elle était morte !

On allait la clouer dans une caisse, l'enfouir, et
ce serait fini. On ne la verrait plus. Est-ce possible ?
Comment ? Elle n'aurait plus sa mère ? Cette chère
figure si familière, vue dès qu'on a ouvert les yeux,
aimée dès qu'on a ouvert les bras, ce grand déver-
soir d'affection, cet être unique, la mère, plus important pour le cœur que tout le reste des êtres,
était disparu ! Elle n'avait plus que quelques heures
à regarder son visage, ce visage immobile et sans
pensée. Et puis rien, plus rien, un souvenir.

Et elle s'abattit sur les genoux, dans une crise
horrible de désespoir, et les mains crispées sur la
toile qu'elle tordait, la bouche collée sur le lit, elle
cria d'une voix déchirante, étouffée dans les draps
et les couvertures : « Oh ! maman, ma pauvre maman, maman, maman ! »

Puis, comme elle se sentait devenir folle, folle
ainsi qu'elle avait été dans cette nuit de fuite à travers la neige, elle se releva et courut à la fenêtre
pour se rafraîchir, boire de l'air nouveau, qui n'é-
tait point l'air de cette couche, l'air de cette morte.

Le gazon coupé, les arbres, la lande, la mer là-
bas, se reposaient dans une paix silencieuse, endor-
mis sous le charme tendre de la lune. Un peu de
cette douceur calmante pénétra Jeanne et elle se mit
à pleurer lentement. Puis elle revint auprès du lit,
et s'assit en reprenant dans sa main la main de
Petite mère, comme si elle l'eût veillée malade.

Un gros insecte était entré, attiré par les bougies.
Il battait les murs comme une balle, allait d'un
bout à l'autre de la chambre. Jeanne, distraite par
son vol ronflant, levait les yeux pour le voir. Mais
elle n'apercevait jamais que son ombre errante sur
le blanc du plafond.

Puis elle ne l'entendit plus. Alors elle remarqua le
tic-tac léger de la pendule, et un autre petit bruit, ou
plutôt un bruissement presque imperceptible, c'é-
tait la montre de petite mère qui continuait à marcher, oubliée dans la robe jetée sur une chaise, au
pied du lit. Et soudain un vague rapprochement entre
cette morte et cette mécanique qui n'était point
arrêtée raviva la douleur aigüe au cœur de Jeanne.

Elle regarda l'heure. Il était à peine dix heures et demie ; et elle fut prise d'une peur horrible de cette nuit à passer là. D'autres souvenirs lui revenaient, ceux de sa propre vie : Rosalie, Gilberte, les amères désillusions de son cœur. Tout n'était donc que misère, chagrin et mort ! Tout trompait, tout mentait, tout faisait souffrir et pleurer ! Où trouver un peu de repos et de joie ? Dans une autre existence sans doute ? Quand l'âme était délivrée de l'épreuve de la terre ? L'âme ! Elle se mit à rêver sur cet insondable mystère, se jetant brusquement en des convictions poétiques, que d'autres hypothèses non moins vagues renversaient immédiatement. Où donc était maintenant l'âme de sa mère ? L'âme de ce corps immobile et glacé ? Très loin peut-être. Quelque part dans l'espace ? Mais où ? Evaporée comme le parfum d'une fleur sèche ? Ou errante comme un invisible oiseau échappé de sa cage ?

Rappelée à Dieu ! ou éparpillée au hasard de création nouvelle ? mêlée aux germes près d'éclore ?

Très proche, peut-être ? Dans cette chambre, autour de cette chair inanimée qu'elle avait quittée ? Et brusquement Jeanne crut sentir un souffle l'effleurer comme le contact d'un esprit. Elle eut peur, une peur atroce, si violente qu'elle n'osait plus re-

muer ni respirer, ni se retourner pour regarder
derrière elle. Son cœur battait comme dans les
épouvantes.

Et soudain l'invisible insecte reprit son vol, et se
mit à heurter les murs en tournoyant. Elle frissonna
des pieds à la tête : puis ranimée tout à coup quand
elle eut reconnu le ronflement de la bête ailée, elle
se leva et se retourna. Ses yeux tombèrent sur le se-
crétaire aux têtes de sphinx, le meuble aux reliques.

Et une idée tendre et singulière l'envahit : c'é-
tait de lire, en cette dernière veillée, comme elle aurait fait d'un livre pieux, les vieilles lettres chères à
la morte. »

L'écrivain qui sait s'élever à cette force tragique
qui sait éveiller chez le lecteur les larmes et le
frisson de la compassion, sans phrases ni exagéra-
tions, seulement par une profonde vérité et un essentiel pathétique des situations (et qui donc ne
verserait pas des larmes devant le passage ci-dessus ?)
cet écrivain est un grand penseur, un grand psychologue et un grand artiste. L'ennemi le plus sévère
du réalisme doit reconnaître dans une scène ainsi
conçue et ainsi racontée la grandeur du talent, de
la pensée et de l'inspiration. Et cependant la partialité théorique détruit aussitôt la bonne impres-

sion provoquée par ce passage merveilleux. Et
M. de Maupassant, malgré l'originalité de sa manière
et de ses observations, n'a pu encore se débarrasser
complètement de cette partialité : à vrai dire elle
transperce seulement en deux ou trois scènes de son
roman si vrai et si objectif. Il semblerait que la situation est épuisée : qu'on ne peut ni ne doit rien
ajouter à la description de cette nuit funèbre. Et cependant l'auteur ne s'y borne pas : il invente un fait
qui révolte les plus délicats sentiments de l'homme,
ses plus chères conceptions éthiques, qui provoque
la révolte de la pudeur même plus encore que les
épisodes érotiques que renferme incontestablement
le volume. Ce n'est pas que l'épisode en question
m'ait personnellement révolté le moins du monde :
je reconnais la liberté pour chacun, dans le choix
des moyens de sa création littéraire. Mais il est
certain que sur chacun il doit faire une impression plus que douloureuse. Il va trop à l'inverse des
conceptions établies sur les convenances : il inter-
rompt par une fanfare trop inattendue de réalisme,
un passage essentiellement lyrique. Une partie de la
critique française a reproché cet éclat à M. de Maupassant, précisément à ce point de vue. Mais il est
temps d'expliquer aux lecteurs de quoi il s'agit.

Dans ces lettres anciennes, dans ces reliques de sa

mère, que Jeannine se met à lire, en s'imaginant
s'acquitter d'une dette sacrée envers l'âme peut-être
présente de la défunte, et lui faire une joie posthume,
elle découvre les preuves d'une faute jadis commise
par sa mère. Ces reliques étaient les lettres d'un ancien amant de la baronne, avec qui elle a jadis trahi
son mari. Et la chère morte que Jeannine véné-
rait comme une sainte immaculée glisse à la mare
de boue de la vie. Sa dernière foi à quelque chose
de pur et de sacré, à la loyauté de sa mère, fut tuée
dans l'âme de Jeannine par cet accident cruel et in-
sensé. La dernière sainteté en laquelle elle eût confiance, le souvenir de la chère morte, qu'elle adorait
depuis les jours heureux de l'enfance, fut souillée, perdit son auréole supraterrestre. Et Jeannine sentit qu'elle ne pourrait pas baiser, avec le
respect d'autrefois, le front de la morte qui reposait là, comprenant peut-être (qui sait les mystères
de la mort?) sentant dans les yeux de son enfant le
reflet d'un blâme. Et cette pensée déchira le cœur
de Jeannine. Oui, cette scène, d'une indicible cruauté,
déchire aussi le cœur du lecteur. « Ceci n'est plus
la vérité littéraire, mais simplement une cruauté
littéraire, observaient les adversaires du réalisme en
France ; est-ce que la dégradation de tout ce qui
sacre la vie, et même de la mémoire des morts que

nous devons vénérer, est-ce que c'est un malheur nécessaire, constant dans la vie ! » Non, assurément : et
c'est le plus grave reproche que l'on puisse faire à
l'auteur. Car si le désespoir et les sombres réflexions
de Jeannine durent avoir la couleur que leur donne
l'auteur, si nous admirons, dans leur peinture,
l'impitoyable vérité psychique, cet épisode qui produit l'impression d'un soufflet donné à une morte
sans défense ne nous montre pas une vérité aussi
indiscutable, ou nous la montre bien plus inclaire-
ment : tant il y a dans cette scène quelque chose
d'artificiel, de faux. Est-ce que Jeannine devait
employer cette nuit là à regarder les reliques de sa
mère ? Est-ce que sa mère ne pouvait pas avoir été
comme Jeannine, une honnête femme toute sa vie ?
Pourquoi, même au point de vue esthétique, ne
pas laisser le lecteur sous l'impression de l'admirable scène précédente, dans toute sa pureté sublime ? Ce sont des réflexions très justes : mais en
admettant que cette scène est esthétiquement manquée et même mauvaise comme psychologie, puisqu'elle n'est pas nécessaire et ne découle pas du
cours des situations, je prie que l'on me permette
de dire, à la défense de l'auteur, que suivant son
plan, cette scène devait au contraire compléter
l'impression précédente. D'après lui, la vie est pres-

que exclusivement une série de pertes, de désenchan-
tements et de deuils ; la foi, l'espoir, l'idéal, tout
cela périt en nous, tour à tour, comme périssent
les fleurs et les plantes d'été sous le souffle froid
de l'automne. L'expérience, unique et funèbre fruit
de la vieillesse, nous fait comprendre que presque tout ce que nous vénérions et aimions a été une
illusion, la vérité et le trésor d'un jour qui s'est
évanoui, comme doivent s'évanouir la jeunesse et la
beauté physiques. Et cette amère vérité — car hélas !
n'est-ce pas, en partie, une vérité ? — l'auteur la
confirme par une série de tableaux pris dans la vie,
et si vrais et travaillés avec tant d'art qu'on ne saurait lui refuser une profonde connaissance du monde
et des hommes. Dans cette scène seulement on sent
comme un accord faux : et c'est parce que l'auteur
a oublié un moment son calme objectif, son sang-
froid, pour céder au désir d'éclairer plus vivement
les tendances de son livre : tandis que ces tendances
vraies et justes, n'avaient pas besoin d'une falsifi-
cation ou même d'une exagération des faits : elles
se témoignaient parfaitement par le seul exposé des
drames de la vie, de la nue réalité. La profonde justesse morale des desseins de l'auteur lui a permis en
général de ne pas diminuer l'objectivité de son
œuvre et de ne point sacrifier ses vues subjectives.

Il est des théories que soutient la vie même, pour
lesquelles il est inutile d'introduire dans l'œuvre des
agents étrangers. Et à ces théories appartient précisément la pensée morale qui sert de fondement au
livre de M. de Maupassant. Et que les mots de morale et de tendance ne choquent point le lecteur
dans le compte-rendu d'une œuvre réaliste. La finalité est une condition si nécessaire de toute création
valable, de toute œuvre d'art que nul grand talent
n'est en état de l'exclure de ses ouvrages.

De même que chez M. Zola, ennemi acharné des
tendances en théorie, deux romans célèbres par le
scandale qu'ils ont soulevé, et cependant si beaux,
l'*Assommoir* et *Nana* sont deux véritables satires,
dont l'une bafoue la plaie des classes inférieures, l'i-
vrognerie, et l'autre, la plaie de toutes les classes,
la prostitution ; de même *Une vie* de M. de Maupassant est, au fond, une création finaliste, développant la pensée de la nullité et de la triste vanité
du bonheur, des rêves, des biens de notre monde
actuel.

La peinture de la vérité de la vie, que nul n'a pu
contredire, suffisait pour exprimer, dans la forme
du roman, cette idée élevée et véritable : et dès
que l'auteur, pour rendre plus forte l'expression de
ses vues et l'énoncé de sa doctrine essentielle, est

tombé dans l'invention de situations exceptionnelles,
il a aussitôt commis une faute qui a nui à l'œuvre
entière, car il a créé une scène qui, en apparence,
semble non naturelle.

Mais cette scène n'est telle qu'en apparence. Si nous
voulons y voir, non (comme dans toute la vie de
Jeannine) les destins généraux d'une vie de femme,
mais un malheur exceptionnel, et un dernier coup
donné à une créature déjà blessée de toute part :
alors le côté artificiel de la situation disparaît, et
nous comprenons sa terrible, son amère signification dramatique. Et, qui sait ? peut-être devons
nous pardonner à l'auteur l'impression non esthétique qu'il a produit seulement parce qu'il a représenté un malheur accidentel et inattendu dans la
série de catastrophes toujours prévues et naturelles.
Ne pardonnons-nous pas à un romancier une situation anormale pourvu qu'en la figurant, il atteigne
au comble du tragique et de la forme dramatique. Si
l'auteur, comme dans tant de romans judiciaires, avait
raconté le meurtre de la baronne, c'est-à-dire un fait
non moins exceptionnel, il n'aurait pas provoqué un
tel frisson, toute l'alarme provoquée par la description de ce meurtre moral, où périt quelque chose de
plus que la vie physique : la vie du souvenir, le
respect de la mémoire d'une morte. Est-ce que

Jeannine aurait trouvé pour pleurer un meurtre réel et physique des larmes plus sanglantes que celles qui tombent de ses yeux en voyant la déchéance morale de sa mère ? Est-ce que la lutte extérieure qu'elle aurait subie aurait pu être plus dramatique que la lutte qui déchire ce cœur d'enfant, jusqu'au jour où elle pardonne à la mémoire chérie son humiliante découverte. Le talent est une puissance lumineuse qui rayonne de son éclat sur les manifestations les plus répugnantes, les plus cruelles, les plus anormales de la vie humaine.

II

L'œuvre de M. de Maupassant, que nous analysons, *Une vie*, est un roman psychologique, et ne peut nous intéresser qu'à ce titre. Nous y admirons la pensée dominante, le développement des caractères et la vérité dans la peinture des passions. L'héroïne du récit est sympathique surtout parce que l'auteur a fondu en elle toute la nature d'une femme ordinaire et toute la série des faits de sa vie. Nous avons vu les temps dorés de son enfance et de sa virginité, dépeints avec une ravissante vérité : nous

l'avons vue amante et épouse, puis mère, dans la
première phase de sa maternité ; alors que
l'enfant n'est encore qu'une poupée inconsciente.
Nous avons vu aussi combien la rude réalité de la
vie a satisfait les rêves de l'enfant, de la jeune fille,
et de l'épouse. Pour compléter le récit, pour traduire
toute la pensée de l'auteur, le livre doit nous montrer encore la vie de Jeannine comme veuve, et
comme mère d'un fils déjà adulte ; l'auteur doit
contraindre la pauvre héroïne à boire jusqu'au fond
le calice amer de toutes les pertes, de tous les déboires de la vie. Hélas ! tout sentiment loyal, tout
attachement, et même le plus légitime, sont seulement la source de nouvelles douleurs et de nouveaux désespoirs. Il faut donc que Julien meure,
pour le dessein de l'auteur, qui, par cette finalité,
ne rompt nullement avec la réalité et la vraisem-
blance. Une mort inattendue est un événement si
possible et si naturel. Le mari de l'héroïne meurt
donc, réellement. Peu importe par quel moyen l'é-
crivain tue ce jeune homme plein de vie. La mort
de Julien est le dernier mot d'un drame terrible,
qui d'ailleurs choque par un romantisme exagéré,
et n'a aucun rapport avec le développement ultérieur du côté psychique des personnes présentées.
J'en dirai donc seulement assez pour que le lecteur

ne perde pas le fil qui relie les épisodes extérieurs, dénués en soi d'importance, du roman. Jeannine n'aurait jamais révélé le secret des relations de son mari avec la comtesse, si elle n'y avait été amenée par le nouveau curé du village, qui nous est présenté presque en caricature comme un fanatique, un fou, un farouche ennemi de toutes les manifestations naturelles de la nature humaine : un type aussi peu agréable que peu naturel. Si j'appelle cette figure manquée, ce n'est pas qu'elle blesse ma façon personnelle de voir le clergé. Nos convictions religieuses ne doivent pas influer sur notre jugement des créations artistiques ; chacun a le droit parfait d'émettre les considérations religieuses qu'il lui plaît. L'auteur peut tracer, s'il veut, les types les plus noirs de prêtres et de dignitaires de l'Eglise. Il y a partout des fanatiques et des misérables. Le critique doit demander seulement que les figures qu'on lui offre satisfassent aux exigences de la vérité et de l'esthétique littéraire ; et la figure de l'abbé Tolbiac, d'après moi, n'y parvient en aucune façon. A côté d'exemples très vraisemblables et même vrais de fanatisme religieux, il a des scènes simplement fictives, et exagérées jusqu'au ridicule. A ce point de vue la silhouette de son prédécesseur, un curé de campagne bon enfant, trivial, mais en somme plein

de bonté et de tolérance est plus vraie et plus impartiale ;. encore qu'elle aussi ait été esquissée
avec un mauvais vouloir visible et dans l'intention
de présenter un prêtre sous un jour comique :
chose vraiment trop facile, aujourd'hui, indigne
d'un grand talent. L'abbé Tolbiac ne comprenant
pas la faiblesse de la nature humaine, persécu-
tant tout le monde de ses exigences insensées, commence dans sa paroisse nouvelle quelque mission
farouche de propagande fanatique ; et bientôt il a
tout à fait dompté l'esprit faible, docile, soumis à
toutes les influences, de Jeannine. La religion de la
pauvre femme dont tous les sentiments étaient falots
et non développés, consistait uniquement dans cette
soif sentimentale de l'idéal qui est au cœur de toute
femme. Si elle remplissait ses devoirs religieux (et
encore avec une grande négligence), c'était uniquement sous l'influence d'habitudes acquises encore
au couvent. Mais la foi même, et les principes religieux avaient été depuis longtemps tués en elle
par la railleuse et sceptique philosophie de son
père. Le nouveau curé l'oblige à reprendre les
pratiques religieuses depuis longtemps inter-
rompues. Par son mysticisme, par sa foi résolue
et son énergie fanatique, il réveille en elle une
ardeur endormie, et la foi catholique éteinte. D'ail-

leurs, seul un homme d'un caractère si despotique
pouvait dominer l'esprit de Jeannine, et la conver-
tir, du moins provisoirement, à son ancienne reli-
giosité. C'est encore un trait psychologique très
heureusement aperçu, un trait profond, et qui caractérise le tempérament entier de la femme. Après
les orages et les misères de la vie, arrive pour chaque
femme une heure où ses yeux se tournent vers le
ciel et y cherchent la consolation, le soutien, l'agent
de la rénovation. Cet élan de la nature humaine
vers la divinité se manifeste le plus clairement chez
une femme qui vit par le cœur plus que par l'esprit
et il s'exprime le plus souvent d'une façon assez vulgaire : par la dévotion et la bigoterie extérieure.
Mais il y a au fond de ce sentiment un principe plus
profond, plus haut, vraiment humain : le principe
de notre union miraculeuse avec le Père de toute
vie. M. de Maupassant, naturellement, ne considère
pas ainsi cette résurrection de la piété dans l'âme de
Jeannine. Mais le fait seul de l'éveil fatal en elle du
sens religieux précisément à cette époque de transition, si triste, entre la jeunesse finissante et le début de la vieillesse et de la vie maternelle, ce seul
fait a été marqué avec l'art usuel de l'auteur. Et j'ai
pleinement le droit d'admirer cet art ici ; car une foi
personnelle, profondément chrétienne, ne me for-

ceront jamais à renoncer à la plus haute recom-
mandation, vraiment divine, du Sauveur, à cette re-
commandation que le progrès commence à peine à
répandre dans la vie : la tolérance. Je le répète, dans
les questions littéraires comme dans toutes d'ailleurs, les vues religieuses ne doivent pas influer sur
nos jugements d'une œuvre inspirée par une conviction sincère, mais différente de la nôtre : lors
même que cette conviction est, comme chez M. de
Maupassant un athéisme nullement dissimulé.

Et ainsi dans le cas présent, où nos vues fondamentales sur un même point se séparent entièrement, j'admire plus que jamais l'énorme talent du
lettré qui reconnaît, aperçoit, note un changement
nécessaire dans la nature de la figure qu'il représente ; encore que, suivant moi, le penseur ne voie
pas la cause réelle de ce changement. Il y avait une
chose que le curé ne pouvait obtenir d'elle : de
tout révéler au mari de Gilberte. Une dénonciation
répugnait trop à cette nature honnête et droite, qui
avait horreur de toute trahison. Révolté de l'infamie de Julien et de la comtesse, dont il connaissait
les coupables relations, le curé accepte le triste rôle
d'espion et de dénonciateur. Le géant, perdant en
une minute l'amour qui était le trésor de sa vie,
dans un paroxysme fou de rage, tue Gilberte

et Julien, Jeannine est veuve. Elle était enceinte
pour la seconde fois lorsqu'elle vit rapporter chez
elle le corps sanglant de son mari. Elle tomba
comme une morte ; peu après elle mit au monde un
enfant mort et fut malade grièvement. L'impression
avait été trop forte pour cette nature faible, vraiment féminine. Elle pleura sincèrement le mort,
elle lui pardonna, avec son habituelle bonté, toutes
les fautes et trahisons passées ; car, pour les cœurs
honnêtes, la mort purifie de tous les crimes, et ses
souffrances mettent une auréole à chaque mémoire.
Mais son désespoir ne dura pas longtemps et fut
vite calmé. Son émotion avait été purement physique. L'ancien Julien, le fiancé qu'elle idéalisait aux
temps bénis de sa foi et de ses rêves virginaux, à
l'époque joyeuse de ses fiançailles, le mari auquel
l'avaient jointe plus tard les joies brûlantes de la
passion dans une sauvage vallée de la Corse, cet
ancien amant était mort depuis longtemps. Il avait
été enterré, de son vivant même, recouvert sous la
pierre tumulaire de ses propres trahisons et infamies. Il y a des sentiments éteints qui ne ressusci-
tent jamais.

Et maintenant se déroulent devant nous de nouveaux tableaux de la vie de Jeannine : la série graduelle de ses déboires maternels. C'est encore un

drame intime, non moins vrai et non moins déchirant que les malheurs sanglants et passionnés de sa jeunesse. L'amour l'avait déçue et trahie ; l'attachement maternel sera aussi pour elle une source de nouveaux désastres et de nouvelles douleurs. Toutes les misères que des enfants peuvent causer à leurs parents, nous les voyons réunies dans cette dernière partie de la vie de l'héroïne, peintes avec l'art accoutumé, avec la même puissance de talent qui caractérise l'auteur en toutes choses, même dans la représentation des plus petits détails. L'âme de Jeannine, avide d'affection, avait fondu tous ses sentiments dans son amour pour son fils. Elle l'aimait avec une profondeur indicible, aveuglément, passionnément, comme toutes les mères qui trouvent dans leur enfant leur dernière consolation et le but de leur vie. Mais un tel sentiment, précisément parce qu'il est trop passionné, doit être toujours et sans cesse blessé. D'abord, après les heureuses années de la première enfance, arrive l'affreux instant de la séparation avec son fils. Elle doit le mettre au collège, et elle rentre dans le château solitaire, désespérée, avec des sanglots, comme si elle venait d'un enterrement. Puis vient le temps des amères découvertes ; elle aperçoit dans son fils une métamorphose, le changement de l'en-

fant en un jeune garçon tourmenté de désirs, plein
de mauvais caprices, que ne peut comprendre la
femme vieillissante, qui la révoltent et la déses-
pèrent. Et c'est le tour des drames du collège,
déchirant le cœur affectueux de la mère. Paulet
ne veut pas apprendre ; sa conduite est désastreuse.
Rarement il vient chez sa mère, aux jours de fête.
Il se met à faire des dettes, sans importance il est
vrai, d'abord. Le baron, son grand-père, arrange
comme il peut ses affaires, paie aux usuriers des
billets pour quelques mille francs. Mais ces petites
choses sont de véritables calamités pour la pauvre
femme. Chacune des non-venues de Paulet, le di-
manche, lui ensanglante le cœur, chaque nouvelle
de ses frasques éveille en elle une indicible désolation. La moindre peccadille revêt les proportions
d'un immense malheur, la remplit de pressentiments
sur l'avenir entier. Et hélas! les pressentiments,
cette fois, ne la trompaient pas. Bientôt la conduite
de l'enfant adoré commence vraiment à devenir
alarmante. On le chasse du collège, dont il s'est
sauvé pour passer des journées entières chez sa
maîtresse, quelque infime cocotte. Il faut que sa
mère et son grand-père le reprennent ; ils cherchent
à agir sur lui à force de douceur. Soins inutiles.
L'enfant avait une nature méchante et rétive, en-

tièrement dénuée de tout sens moral, et la pauvre mère, abattue par la vie, ne pouvait, par l'éducation qu'elle lui donnait, redresser les défauts natifs de son tempérament. A peine sorti de l'enfance, déjà il était un être sans conscience et sans dignité. Sa mère avait dû payer pour lui 15,000 francs de dettes. Et puis, un beau jour, il s'enfuit de chez lui. Il s'en va, avec sa maîtresse, quelque part en Angleterre, pour y chercher les aventures et le bonheur. Son avenir est empoisonné, sa vie à jamais perdue. Et les trois habitants des Peuples, le baron, la tante Lise et Jeannine restent seuls de nouveau.

Les cheveux de Jeannine avaient entièrement blanchi. Avant quarante ans elle était une vieille femme. Elle ne pouvait pas comprendre pourquoi le sort la persécutait. Le désespoir de son incertitude, l'inquiétude qui l'étouffait, tout cela la tuait. Elle souffrait trop de la vie. Il y a des êtres auxquels Dieu, dans sa sagesse mystérieuse, ordonne de porter toute leur vie la croix de souffrances inaccoutumées et incessantes. Jeannine se retourna de nouveau vers les consolations de l'Eglise, dont l'avait détournée la mort de Julien, causée par la dénonciation d'un prêtre. Mais maintenant les doutes avaient de nouveau commencé à lacérer sa conscience. Est-ce que Dieu pouvait, comme les hommes,

être avide de vengeance? Et d'autre part, si Dieu devait se manifester à l'humanité par de cruels malheurs, seuls compréhensibles pour elle ? Ces doutes
qui conduisent d'ordinaire les âmes faibles et timi-
des au pied des autels l'avaient entièrement domi-
née. Un soir, elle alla, secrètement, au presbytère,
et s'étant jetée aux genoux du sombre prêtre, elle
implora de lui le pardon de ses péchés. Quelques
jours après, elle reçut enfin une lettre de son fils.
Il demeurait à Londres ; il la priait de lui envoyer
15,000 francs, sur l'héritage de son père. Ainsi il
vivait, il n'était pas mort ! Il se souvenait de sa
mère ! La pauvre femme devait ainsi se contenter
de ces miettes d'affection, de la part d'un misérable
qui la récompensait par la pire infamie du trésor de
son amour et de son dévouement. Mais sa grande
joie fut aussitôt empoisonnée par un nouveau sentiment de douleur, encore inconnu. Paulet avait
besoin de ce petit capital pour marquer sa reconnaissance à sa maîtresse qui, d'après son affirmation, lui avait confié, aux jours de misère, tous les
fonds qu'elle possédait. Un affreux chagrin saisit
aussitôt le cœur de Jeannine ; une haine profonde
s'y alluma. Cette femme lui avait volé son fils ! C'é-
tait une haine infinie, sauvage, implacable, la haine
d'une mère jalouse. Elle comprit qu'entre elle et

cette femme s'engageait une lutte terrible. Et dans
les lettres suivantes de Paulet, qui ne cessait de ré-
clamer de l'argent, même après sa majorité, après
qu'il eût reçu tout l'héritage de son père, 120,000
francs ; Jeannine, dans ces lettres, sentait toujours
l'influence de la maîtresse, cette ennemie invisible
et constante de la mère. Et en effet, quelle est la
mère qui, en d'autres circonstances, sous une autre
forme, n'a point ressenti cette jalousie maternelle ?
Quelle est la femme qui ne reconnaîtra pas que dans
la folle et stérile haine de Jeannine envers un ennemi inconnu et impitoyable qui lui a arraché son
dernier trésor, l'auteur a noté un phénomène psychologique d'une étonnante et profonde vérité ?

Sans réfléchir à l'évident dédain de son fils, à
son manque de cœur et à son égoïsme, Jeannine ne
voulut point croire que ce fils fût mort pour elle, à
jamais, qu'il n'était plus digne de son amour. Au
contraire, ses sentiments, ne pouvant s'exprimer,
étaient devenus encore plus aveugles et plus obsti-
nés. Et cependant le misérable non seulement tuait
moralement sa mère, mais encore la ruinait matériellement. Une fois, Jeannine dut payer pour lui
85,000 francs de dettes ; une autre fois le jeune vicomte fut impliqué dans une spéculation suspecte,
et faillit être arrêté. Sa mère et son grand-père par-

vinrent encore à le sauver. Ils trouvèrent les 200,000 francs nécessaires pour le tirer d'affaire. Mais toute la fortune de Jeannine était dépensée. Les Peuples et le reste de ses possessions immobilières étaient hypothéqués dans diverses banques, à de très forts intérêts. La pauvre femme était menacée d'une ruine complète. Cependant tous ceux qu'elle a connus et aimés meurent l'un après l'autre ; son père si aimé et si bon, son protecteur et son ami, tombe, frappé d'apoplexie ; tante Lise, prise d'une fluxion de poitrine, meurt comme elle a vécu, silencieusement, tranquillement, à peine aperçue, sans être pleurée par personne ; comme une plante inutile enfin foulée aux pieds. Jeannine reste seule au monde ; ruinée matériellement, moralement abandonnée de tous. Elle tomba malade très grièvement, et lorsqu'elle reprit ses sens, après une fièvre, elle trouva une protectrice qui veillait auprès de son lit. Cette protectrice — amère ironie des relations de la vie ! — cette unique créature qui ne délaisse point la pauvre femme, c'est Rosalie, son ancienne femme de chambre, jadis la maîtresse de feu son mari, l'héroïne d'un triste scandale oublié depuis longtemps. Elle s'est fait une fortune, et, ayant appris la misère et le malheur de son ancienne Mademoiselle tant aimée, elle est venue lui porter secours. Et Jeannine

qui, depuis longtemps a tout oublié, à qui il semble
que des siècles se sont écoulés depuis ces temps d'orages
et de passion, qui, comme tout être vivant, a besoin
des paroles consolantes de la sympathie et de l'affection, se jette dans ses bras, sanglotant sous l'afflux des
souvenirs surgissants. Résolue, pratique, foncière-
ment honnête, la paysanne domine entièrement l'esprit sentimental, chancelant, fatigué de Jeannine,
dont la timidité, l'apathie se sont naturellement
encore développées avec l'âge. Rosalie la protège
comme un enfant ; elle se fait la ménagère du château ; elle blâme en sa présence, avec la franchise
des gens simples, l'ingratitude et l'égoïsme de Paulet, et il y a quelque chose de touchant dans cette
amitié si vraie, et pourtant quelque peu humiliante,
des rivales d'autrefois, de la Mademoiselle vieillie et
de l'ancienne femme de chambre. L'état de fortune
de Jeannine apparut tel, après les pertes causées
par Paulet, qu'elle dut vendre sa chère propriété
des Peuples, pour du moins tirer un peu d'argent
du chaos embrouillé des dettes et des hypothèques.
Longtemps elle avait lutté avec Rosalie avant de se
se laisser convaincre ; la seule pensée de vendre le
coin où elle avait passé son enfance et sa jeunesse
était, pour la pauvre femme, la source d'un chagrin
mortel. Mais après cette cruelle liquidation elle se

voyait assurés 5 à 8,000 francs de rente, et elle songea que son fils, assurément, aurait encore besoin
de son aide. Pour cet ingrat, qu'elle avait trop gâté,
et qu'elle aimait maintenant encore de toute la force
de son cœur blessé, pour lui elle se résolut à cette
mort morale. Quels sacrifices pourraient effrayer une
mère aimante et malheureuse? Quels trésors d'amour
et d'héroïque énergie ne pourrions-nous pas trouver
même dans l'âme d'une femme ordinaire et timide
dont la maternité fait souvent une sainte, plus souvent une martyre? Et ici arrive l'histoire de la vente
des Peuples, la scène d'adieux de Jeannine à ce coin
de terre où elle a perdu toutes les illusions de l'enfance, de la jeunesse, de la vie, où sont mortes
toutes ses espérances, où a disparu aussi, par degrés,
toute la série des êtres qu'elle aimait. Et ces scènes
vraiment déchirantes dans leur simplicité sont écrites aussi avec la puissance d'un admirable observateur psychologique, avec le charme de la plus vive
poésie, telle que la peut atteindre seulement un
talent de styliste de premier ordre. Je voudrais faire
connaître au lecteur cette partie du roman (mais
quelle partie, vraiment, n'y est pas admirable?),
ne serait-ce qu'en donnant un fragment abrégé;
mais mon compte rendu prend des proportions trop étendues, et je dois résister à mon admi-

ration pour l'énorme talent de l'auteur, son génie
de penseur, de psychologue et de poète. Que le lecteur lui-même, s'il daigne parcourir lentement le
livre, lise le chapitre des adieux de Jeannine à sa
maison, à son village, à son jardin, à la mer, à tout
le petit monde où elle a passé son existence étroite,
et je puis lui garantir qu'il lira quelques-unes
des plus belles, des plus humaines, des plus
véridiques pages de la littérature universelle.
On a écrit des études psychologiques aussi profondes ; personne n'en a créé de plus belles. Les
larmes qui tombaient des yeux de la mère sur chacun des souvenirs de ce passé plus cher pour elle
que la vie, étaient des crimes qui devaient peser
incontestablement sur la série des destinées de son
fils. Le misérable qui la force à endurer de tels sup-
plices est plus répugnant qu'un assassin ; mais est-ce
que Paulet pensait même à sa mère, est-ce que de tels
cœurs comprennent les devoirs élevés de la famille ?
Jeannine n'en avait aucune nouvelle, et de même
que sa jeunesse avait été empoisonnée par des maux
usuels : l'extrême vulgarité de sa vie et la trahison
de l'homme qu'elle aimait, de même sa vieillesse
était remplie par l'amertume d'un malheur encore
plus usuel : l'ingratitude de son enfant. Depuis
qu'elle était seule et délaissée de tous, et surtout

depuis qu'elle avait abandonné sa petite maison où
elle pouvait encore être heureuse, pareille à ces
plantes discrètes et pâlies qui ont besoin d'un certain sol pour y vivre et s'y épanouir, sa vie était
la lente mais toujours douloureuse extinction de ses
forces physiques et intellectuelles, un retour à l'état
d'enfance, un enfoncement désespéré et désœuvré
dans le passé. Comme toutes les femmes dont la vie
est finie, elle vivait seulement de souvenirs ; elle vivait dans l'engourdissement croissant de son âme,
dans le sommeil léthargique de son esprit, dans une
complète indifférence. Et s'il brille encore en elle
une étincelle de vie, c'est avec son amour passionné
pour son fils, une manie inconsciente d'analyser les
plus menus détails de sa vie passée. De quelle autre
façon la malheureuse créature aurait-elle pu com-
bler le vide effrayant de ces dernières années, si ce
n'est en s'enfonçant ainsi dans les vieux souvenirs
ensoleillés de sa jeunesse ? Est-ce que ce fait, de
même que toutes les autres phases de la vie de l'héroïne, ne constitue pas une vérité psychique profonde et nécessaire, une crise mentale motivée logiquement et rigoureusement ? Avec quelle splendeur
d'images Guy de Maupassant représente cette chute
graduelle, cet engourdissement, cette apathie, cette
inclinaison lente de la pauvre femme vers la mort !

Assurément, l'auteur est un maître dans le domaine
de l'exécution, non moins que dans celui de la conception et de la pensée.

L'image que trace M. de Maupassant de cette
chute, de cet engourdissement sénile, de cette lente
et vaine agonie qui erre sans but dans le cimetière
de ses souvenirs, cette image est cruelle, déchirante.
Mais elle n'éveille jamais notre répugnance. Jeannine,
dans cette involontaire déchéance intellectuelle, reste
pure, noble et sympathique. Dans ces souvenirs qui
constituent maintenant toute sa vie, il n'y a ni sang
ni boue ! L'unique péché de la vie entière de cette
femme a été une foi excessive dans l'honnêteté humaine, un amour trop ardent de tout ce que l'homme
a le droit d'aimer ; un zèle exagéré à remplir tous
ses devoirs. Peut-on l'accuser de ce qu'elle n'ait pas
eu l'énergie, la force de volonté, la puissance nécessaire pour une lutte vitale passionnée et constante. Ni son éducation, ni sa vie ultérieure, ni le
monde qui l'entourait, rien ne pouvait créer en elle
ces forces du caractère, qui mettent à l'abri des
chutes et des dégoûts de la vieillesse. La misère relative dont elle souffre, son obscurité et son néant
actuels, elle les doit à son dévouement pour son enfant. Et cet amour pour son fils, amour toujours
chaud, ineffablement passioné et profond, ne vit-il

pas toujours dans le cœur de la vieille femme.
Cet amour la contraint à se voler à elle
même quelques francs ; car elle ne peut disposer
d'un sou pour les envoyer à Paulet, depuis que
Rosalie administre ses affaires. Cet amour inspire
la vieille maniaque, tombée en enfance et lui permet d'écrire des lettres aussi déchirantes, aussi
tragiques, aussi sublimes dans leur simplicité vraie,
que la lettre suivante.

« Mon cher enfant, je viens te supplier de revenir
« auprès de moi. Songe donc que je suis vieille et
« malade, toute seule, toute l'année, avec une
« bonne. J'habite maintenant une petite maison au-
« près de la route. C'est bien triste. Mais si tu étais
« là tout changerait pour moi. Je n'ai que toi au
« monde, et je ne t'ai pas vu depuis sept ans !
« Tu ne sauras jamais comme j'ai été malheureuse
« et combien j'avais reposé mon cœur sur toi. Tu
« étais ma vie, mon rêve, mon seul espoir, mon
« seul amour. Et tu me manques, et tu m'as aban-
« donnée !

« O reviens, mon petit Paulet, reviens m'embras-
« ser, reviens auprès de ta vieille mère qui te tend
« des bras désespérés. »

JEANNE.

Et le misérable restait indifférent à l'amour d'une
telle mère. Il la contraignit à supporter sept ans
cette souffrance. A elle seule, la figure de ce Paulet
prouverait suffisamment la maîtrise du talent de
M. de Maupassant. Nous ne le voyons pas : l'auteur
ne nous en dit rien. Nous connaissons seulement les
très courtes lettres qu'il écrit à sa mère, après de
longs intervalles, lui demandant toujours des
secours d'argent, et cependant nous nous figu-
rons complètement le caractère, la vie, toute la
physionomie morale de ce jeune homme. Dans ces
quelques billets monotones et menteurs, M. de
Maupassant a su jeter un jour sur toute la nature
de leur auteur, de cet aventurier qui tue sa m ère de
sang froid, lui arrache jusqu'à ses derniers sous pour
arranger les affaires suspectes où il se trouve sans
cesse engagé. Avec un magnifique sentiment de dignité aristocratique, il signe toutes ses lettres du
brillant de ses aïeux, le vicomte de Lamare.

Paulet répondit cependant assez vite à la lettre
que nous avons citée. C'est qu'il avait à dire à sa
mère une chose très grave; il voulait lui demander
la permission d'épouser l'aventurière qui avait été
sa maîtresse depuis l'enfance, et dont les intrigues
mal dissimulées, dont la figure entière se laissent
également deviner à travers ces lettres si caracté-

ristiques du vicomte. En présence de ce triomphe
de l'ancienne ennemie, en présence de cette catastrophe inattendue qui la blesse au cœur, Jeannine
forme un projet fou : elle va à Paris, après tant
d'années d'une végétation immobile dans son coin
de campagne. Elle part pour empêcher le scandal^e
et sauver son enfant. Nous voudrions citer le passage entier retraçant ce voyage ; c'est toute une
épopée où l'auteur atteint un comble d'art accessible
seulement aux créateurs de génie. Dans cette partie
de son œuvre M. de Maupassant donne de nouvelles
preuves de son sens créateur, dans la sphère d'un
comique vrai, essentiellement humain, de celui qui
provoque la réflexion et découle de l'analyse psychologique, et qui purifie notre âme des souillures de
l'orgueil et de la vanité en nous présentant le spectacle de notre misère et de notre bassesse naturelle.
Cette création est l'œuvre d'un talent complet, va-
rié ; réel dans tout le sens du mot, d'un talent qui,
lorsque l'âge y aura adouci certaines rudesses, sera
certainement éclairé de la sereine lumière du génie.
Mais l'espace me manque : et je dirai seulement en
quelques mots que Jeannine, se décidant pour la
première fois à une démarche spontanée, après
vingt-huit ans de végétation, n'obtient à Paris aucun résultat, et ne trouve même pas son fils qui.

15.

s'est enfui quelque part. Timide, ne sachant pas
s'exprimer, effrayée par le tumulte et le mouvement fiévreux de la capitale, arriérée dans ses façons de parler et de penser, complètement étrangère
à la foule, à ses intérêts et à ses façons de vivre
Jeannine après s'être exposée à mille impertinences,
railleries et embarras, revient chez elle vraiment
désespérée. Oh ! son enfant, le Paulet pour qui seul
elle vivait, est perdu à jamais : sa mère ne le reverra
plus ; il est mort, mort pour elle. Pourquoi donc
existe-t-elle encore et se traîne-t-elle en ce monde ?
Un temps s'écoule ; et voici qu'elle reçoit de son
fils une lettre qui doit changer toute sa vieillesse ;
qui, pareil à un éclair illuminant sa chute, lui permet de voir la Sagesse qui régit le monde, de deviner l'énigme de la vie. La maîtresse de Paulet
meurt, mettant au monde un fils ; Paulet, embar-
rassé de l'enfant, prie sa mère de le recueillir, et
Jeannine comprend qu'elle doit tenir lieu de mère
à ce petit être ; c'est peut-être pour lui que Dieu l'a
laissée souffrir si longtemps. Et Jeannine comprend
que la consolation, le but, la raison d'être même
d'une existence en apparence inutile, tout cela
est rattaché à la vie de cet enfant que dès lors
elle aime . Et Jeannine devine que tout ce
qui existe doit accomplir une mission inconnu,

que, pour tout ce qui vit, s'éteint et souffre,
doit s'allumer l'aurore de la résurrection.
De même à elle vieillie, mourante, délaissée de
tous, Dieu envoie enfin une consolation, cet orphelin
pour lequel elle va recommencer la lutte avec le
destin, désormais ranimée, heureuse, réconciliée
avec le sort. Rosalie va chercher l'enfant à Paris, et
Jeannine, dont le cœur bat nerveusement comme
au temps de la jeunesse, de la foi, et de l'espoir,
attend son retour comme on attendrait un sauveur.
Enfin la vieille servante revient, amenant l'enfant.
Jeannine, les voyant à la gare, voulait s'élancer
vers eux : mais les forces lui manquèrent. On s'assit
dans la cariole, sans parler. Le soleil descendait,
illuminant de son éclat les prairies et les champs.
Un silence que rien ne troublait régnait sur la terre.
Jeannine considérait sans penser ce ciel, cet air où
volaient des hirondelles. Tout à coup elle sentit
comme un sentiment tendre, comme une chaleur de
vie se répandre à travers son organisme. C'était la
chaleur du petit être qui sommeillait sur ses genoux. Alors une émotion inexprimable envahit son
âme : elle arracha vivement le fichu recouvrant le
visage de l'enfant, qu'elle n'avait pas encore vu.
C'était la fille de son fils ! Et lorsque l'enfant débile,
choqué par la lumière soudaine du soleil, entr'ou-

vrit ses petits yeux bleus, Jeannine, incapable de se
retenir plus longtemps, se mit à embrasser l'enfant
en des étreintes passionnées, sans arrêt. Elle avait
compris qu'elle était sauvée ; qu'elle était mère de
nouveau, qu'elle avait trouvé un trésor inépuisable
de bonheur et de joie. Elle avait compris que, dans
le merveilleux équilibre universel, chaque créature
a des liens avec le reste du monde, un but propre,
et une mission à remplir, si misérable qu'elle paraisse
aux yeux du monde. Elle doit aussi comprendre
sans doute, en cet instant, que Dieu est bon et
compatissant ; que les malheurs, et les calamités
de notre vie présente ne sont qu'une transition
à un état plus parfait, cent fois plus joyeux que cette
nature terrestre. Et Rosalie, heureuse aussi, fit cette
observation philosophique : « La vie, voyez-vous,
ça n'est jamais si bon ni si mauvais qu'on croit. »

III

Ainsi s'achève l'histoire. Le lecteur connaît maintenant le sujet, si vivant et si dramatique. Si nous
nous sommes occupés à analyser en détail cette
création, ce n'est pas seulement à cause de ses exceptionnelles qualités artistiques, de l'énorme talent,

tout original, qui s'y manifeste. Nous avons tenté
d'indiquer ces qualités en racontant la fable même :
et nous n'avons pas épargné les expressions pour traduire l'admiration qu'avait provoquée en nous le chef-
d'œuvre de Guy de Maupassant, admiration qui sera,
nous l'espérons, partagée au moins de ceux qui ne se
refuseront pas la joie de lire le roman entier. Mais le
récit dont je me suis si longtemps occupé a une signification plus générale: il annonce non seulement l'apparition d'un grand talent nouveau dans la littérature française, mais encore l'aurore d'une phase
nouvelle dans le réalisme français contemporain.
L'auteur est un anatomiste remarquable, dont les
observations analysent tous les phénomènes, tous
les mouvements, les plus légers frissons du cœur
humain. Il n'y a point de mystère intellectuel, d'instinct secret, de détail psychique que son œil n'atteigne. Le lecteur a pu réellement connaître dans
son livre la vie d'une créature humaine, une vie entière, extérieure et interne, la vie apparente qui
semble aux yeux du prochain sourire et jouer la comédie, et la vie réelle qui est comme un perpétuel
sanglot au fond de notre âme. Depuis les détails
plus menus et parfois les plus répugnants de l'existence morale et physique, jusqu'aux orages les plus
terribles et aux drames les plus sublimes, nous

avons vu toutes les phases d'une vie de femme, se
développant sous nos yeux non seulement dans leurs
faits extérieurs, mais encore dans ces graduelles impulsions mentales, qui provoquent et motivent la
vie matérielle. Nous avons admiré le talent de l'auteur, sa vue profonde de la vie, son habileté à les
exprimer dans une forme admirable. L'auteur a
voulu devenir l'historiographe de la vie d'une créature médiocre, insignifiante pour le monde, commune dans le plein sens de ce mot. Il n'a pas troublé de la moindre intrigue la calme beauté de son
œuvre : il n'a point idéalisé son sujet banal — et cependant il suscite une impression profonde et d'une
inexprimable grandeur. Tout le récit est la représentation des collisions incessantes d'une personne
médiocre et malheureuse contre la brutalité et bassesse des hommes, qui donnent eux-mêmes la preuve
de la fausseté des idéals qu'ils ont établis. La seule
conclusion à tirer de cette création élevée et sombre
serait que la vie n'est qu'une source de larmes, de
désespoirs et de deuil; que tout ce qu'on aime et
vénère sont des illusions, périssant avec la jeunesse
et la force physique. A quoi bon vivre alors ? A quoi
bon ce supplice vain et amer? Et à cette question
terrible, l'auteur répond dans la fin de son récit, qui
est en même temps l'achèvement de son idée essen-

tielle : Oui, la vie est un fardeau cruel, oui, elle enferme plus de larmes et de déboires que de joies et de bonheurs. Il ne faut pas espérer la réalisation des idéals et des rêves, car les forces humaines sont faibles, et la vie n'est rien autre qu'une course continuelle vers un inaccessible fantôme. Et cependant cette vie a un but, un sens, une sanction nous contraignant à lutter sans désespérer. Tout a une raison d'être, un lien avec le reste des créatures. Et même la pauvre femme dont nous avons vu la graduelle déchéance intellectuelle, même cette femme, après tant d'années de désœuvrement inutile, alors que déjà elle pouvait se demander tristement pourquoi elle vivait, Jeanne comprend soudain le but de sa vie finissante : elle aperçoit l'aurore de la rénovation, qui a brillé pour elle dans le premier regard d'un enfant. N'est-ce pas une pensée vraie et profonde, et hautement morale ? Est-ce que dans cet épanouissement d'avant la mort, dans cette reconnaissance de sa mission n'est pas contenue une grande leçon pour la vie : le mot d'ordre nous appelant au travail, à la patience, et au courage, consolante conclusion et d'autant plus chère qu'elle s'élève sur l'analyse de la vie la plus misérable ? Et bien que cette haute philosophie morale ne résulte pas chez l'auteur d'une éthique religieuse, et qu'elle soit présentée

seulement comme une loi de la nature, une manifestation panthéiste de l'Esprit qui entretient la vie
universelle et l'équilibre des relations humaines,
est-ce qu'elle perd pour cela quelque chose de son
élévation. Toute grande action, toute pensée sainte,
tout conseil donné au prochain dans un esprit de
bonté et de vérité, tout cela provient du foyer éternel
du bien et du vrai, de cet Etre universel qui pour
tous, et même pour ceux qui refusent de le reconnaître, demeure charitable et plein d'indulgence.
Nous trouvons donc dans l'œuvre de M. de Maupassant une qualité nouvelle : une élévation éthique,
couronnant une création d'une énorme portée artistique. Vers la fin de ce récit, constamment sombre
et triste comme un soir d'automne, ou comme la vie
même de l'héroïne, surgit un agent qui apaise tout :
l'aurore bienfaisante de la résignation. Dans les em-
brassements passionnés dont, sauvée enfin d'une
mort solitaire, Jeannine couvre l'enfant que lui a
envoyé la Providence, se trouve exprimée la vue de
l'auteur sur l'énigme de la vie, la consolation qui
doit soulager des misères de la vie présente tous les
malheureux, les vaincus, et les humiliés, tous ceux
qui, comme Jeannine, ne peuvent plus trouver
nulle part nul rayon d'espérance. Nous vivons pour
nos enfants, pour le prochain, pour l'humanité ;

mais avant toüt nous vivons pour ceux à qui nous
pouvons faire quelque bien. Nous ne devons donc
jamais désespérer. Je prie que l'on compare les derniers mots du roman de M. de Maupassant avec la
fameuse apostrophe du fossoyeur sur le cadavre de
Gervaise, à la fin de l'*Assommoir* de M. Zola ; et sitôt
on apercevra le pas en avant qu'à fait le naturalisme,
le changement qui va modifier tout ce mouvement
littéraire. Le jeune auteur s'est affranchi du noir pessimisme du grand romancier et de ses imitateurs. Zola
couronne finalement son œuvre par un sarcasme à
notre vie et à notre nature : il jette une injure à la
figure de la mort, qui représente l'humanité entière.
M. de Maupassant, lui aussi, ne cache rien des vilenies et horreurs de l'existence : il y reconnait cependant quelque chose de plus élevé, quelque germe
supérieur, qui permet même à son héroïne si misérable et si ridicule de trouver une nouvelle mission,
après toute une vie manquée et d'exprimer cette
conclusion triste, mais tranquille : que ni le bien ni
le mal ne dominent dans notre passagère et morne
vie présente. Dans la différence de ces deux conclusions qui sont pour ainsi dire le résumé des tendances des deux ouvrages, apparaît l'abîme qui
sépare M. Zola de M. de Maupassant, le naturalisme de l'auteur des *Rougon* du réalisme tel que le

conçoit l'auteur d'*Une Vie*. Il va sans dire que ce
dernier ne dépasse pas le chef du naturalisme par la
force du talent littéraire : mais il le dépasse par une
plus complète impartialité et une objectivité plus
.consciencieuse dans les jugements philosophiques
qui résument son œuvre. Dans la vie il aperçoit non
seulement les côtés mauvais et cruels, mais aussi les
côtés ensoleillés et consolants. Dans les plus horribles
drames de la vie, il découvre un germe humain, le
reflet des principes innés du bien et du vrai qui
vivent, oubliés, dans l'âme même de la créature la
plus avilie. Sans doute, M. de Maupassant est aussi
en un certain degré, un pessimiste. Il prend un
plaisir cruel dans l'analyse des côtés tristes et
mauvais de la vie : mais on peut dire de la tristesse qui apparaît dans ses œuvres ces mots du
remarquable critique danois Georges Brandes sur
Tourguéniew: Son pessimisme est le pessimisme d'un
penseur. L'observateur de la nature a découvert
qu'il n'y avait pas de lien entre l'homme et le monde
physique, que la nature se moque de ses idéals et de
ses buts, et foule aux pieds, impitoyablement, l'univers des illusions que l'homme s'est créées. De là,
chez lui une mélancolie et une invincible tristesse ; et d'ailleurs, dans l'homme même, combien de manifestations morales, ignobles, déchi-

rantes pour le cœur du moraliste. Or le penseur se
croit tenu à ne rien cacher, à ne pas adoucir son
impartial récit: car peut-on penser que le mensonge
changera quelque chose à la sinistre réalité ?
Et cependant, malgré tout, dans cette épopée
où parfois la satire arrive jusqu'à la sombre ironie
de Swift, sans rien toutefois de son intervention
subjective dans le récit, dans cette épopée perce le
rayon d'un sentiment nouveau tout inconnu au
grand pessimiste anglais et aux naturalistes français
qui entourent notre auteur. Il y a dans ce sentiment
un profond amour, une sincère sympathie pour cette
humanité que l'auteur voit si faible, si mauvaise,
et si inculte, mais en même temps si malheureuse parmi les écrasements d'une civilisation incomplète et d'une nature indifférente. Et ce sentiment si
vif, si éclairé, cette compassion émue que l'auteur
tâche sans cesse à la refouler, rayonne sur l'œuvre
entière, et se traduit enfin dans la merveilleuse scène
de la réconciliation avec la vie, qui clot le roman.
Elle ne tue en aucune façon l'admirable objectivité,
l'attitude impartiale qui donne à ce livre un sens si
haut : l'intelligence complète du sujet n'est jamais
un défaut dans une œuvre d'art, et en introduisant
cet agent nouveau de création artistique, la compassion, l'auteur a en partie rétabli l'équilibre qu'a-

vait détruit les naturalistes ; il a indiqué un moyen
d'allier la beauté esthétique qui consiste dans la vérité, mais dans la vérité tout entière, avec le réalisme esthétique le plus impitoyable. Car nous
jugeons injuste la prévention universelle contre
le mot de naturalisme, qui résume le sens, le
but et le moyen de toute littérature et de l'art en
général. Il ne saurait y avoir de titre plus élevé
ni plus vrai : car à travers tous les temps, la
destination de l'art, et notamment de la littérature,
a été, est, et sera la représentation de la nature et
de ses lois immuables, régissant la vie physique,
morale et sociale de l'humanité. La littérature, notamment, ne doit pas voir son but dans la peinture
des idéals de l'homme mais dans la représentation
de cet homme tel qu'il est dans la réalité, avec ses
fautes, ses malheurs et ses passions. Là où est la
vérité, il n'est pas besoin de raisonnements éthiques ;
car les faits seuls de la vie résumés en leurs traits
essentiels constituent toujours une synthèse morale.
C'est ainsi qu'ont été naturalistes Sophocle dans
l'antiquité, Shakespeare et Balzac dans les temps
modernes. L'étendard du naturalisme, nouvelle-
ment inventé (à ce qu'affirment ses adversaires)
recommande donc uniquement le retour aux principes anciens, essentiels, immuables de l'art aux-

quels il doit toujours revenir ; car sans eux la littérature marche vers l'engourdissement et la mort.
L'erreur fondamentale qui empoisonne les meilleures
intentions du naturalisme contemporain, dans tous
les domaines de l'art, consiste dans une complète
inintelligence de ses propres principes. Les naturalistes d'aujourd'hui ont oublié que, à côté de la vérité réelle, existe une vérité idéale. Au-dessus de la
sphère de la prose et du comique, existe le monde
supérieur de la poésie et de la grandeur dramatique, et ces deux sphères s'allient toujours dans la
vie, formant un mélange discordant, parce qu'il est
humain ; tour à tour y domine l'un ou l'autre élément ; mais ils y sont, l'un et l'autre. Les naturalistes se refusent à admettre cette loi : et de là
résulte l'imperfection frappante de leurs œuvres.
Puisqu'il existe deux sphères de l'activité humaine,
la sphère idéale et la sphère prosaïque, la littérature elle-même doit représenter, par le prisme de
l'art, les vraies images de l'un et l'autre de ces deux
mondes. La peinture d'un héros exceptionnel ou
d'un sentiment supraterrestre peut être aussi naturelle et aussi vraie que la représentation des parties
inférieures, des passions basses, de la grise réalité
quotidienne. Chacune des deux sphères est également digne de l'examen d'un grand talent : exclure

l'une d'elle du domaine accessible à l'analyse du penseur ou de l'artiste, est un non-sens qui frappe les
yeux. Et c'est précisément un tel non-sens qui a
pénétré dans toute la méthode de création du naturalisme contemporain (1) : il consiste avant tout
dans le mépris de tous les sujets qui s'élèvent au-
dessus du bas monde quotidien, et cependant aussi
réels que les héros qui d'ordinaire y agissent, et
qui, dans l'histoire, conduisent les destinées du
monde par leur exceptionnel génie. L'erreur du
naturalisme consiste aussi dans l'exclusive recherche
des seules erreurs passagères, basses, de la passion,
qui, en tout cas, n'ont pas plus de signification que
les sentiments éternels et immuables. Cette recherche
se laisse voir dans la peinture de la réalité vulgaire,
où le naturalisme ne découvre aucun rayon de lumière : elle se montre aussi dans la représentation
des grandes scènes humaines: le naturalisme y met
au premier plan des détails infimes, réels, mais à
peine perceptibles. Dans les deux cas, il y a mensonge
artistique: car la réalité vulgaire n'est jamais absolument mauvaise ; et la réalité du monde idéal est
assez haute pour que les parties obscures y disparaissent complètement. Le naturalisme contempo-

_____

(1) J'excepte toujours M. Zola qui est un artiste de génie.

rain ne donne donc presque jamais l'impression
qu'offre dans la vie le modèle de tout art, la nature.
Voilà pourquoi, comme tout mouvement anormal,
le naturalisme mal dirigé a dû provoquer une réaction. Je ferai observer que toutes ces réflexions ne
peuvent être appliqués qu'en partie au chef du naturalisme littéraire, au génial romancier Emile Zola,
et ne diminuent pas mon admiration pour les
autres écrivains de talent appartenant à cette école.
La réaction a commencé déjà à se faire sentir; et
une de ses premières manifestations, isolée il est
vraie, mais grave en ce qu'elle est née au camp
même, nous la voyons dans le roman impartialement
réaliste, et cependant si hautement poétique, dont
nous nous sommes occupés dans cet article. La signification littéraire de l'œuvre de M. de Maupassant est donc très grande : le rang qui sera assigné à
l'auteur dans l'histoire du roman au dix-neuvième
siècle sera le rang du premier réformateur du naturalisme français, d'un de ses combattants les plus
hardis, qui le premier s'est avancé au secours de la
vérité, dont le sentiment se perdait autour de lui.
Et il serait à souhaiter que les idéalistes qui mentent
pour représenter la vie en rose, et que les naturalistes qui mentent pour en faire un fumier, il serait
à souhaiter qu'ils atteignent la belle objectivité de

l'écrivain qui doit déjà, sans doute, avoir bien des
ennemis : tant nous haïssons tout ce qui est haut et
impartial ! La littérature aurait alors peut-être,
plus de chefs-d'œuvre, d'une élévation littéraire
comparable à celle de cette *Vie !* Personne en tout
cas ne pourra exprimer une maxime plus vraie que
celle qui termine l'œuvre et en résume la pensée :

La vie n'est ni une joie ni un fardeau, elle est
une obligation. Malgré tout, la vie vaut la peine que
l'on vivre et que l'on souffre. Et il semble que le
gai rayon de soleil qui, de sa chaleur bénie, cares-
sait Jeannine dans cette heureuse matinée où elle
tenait son nouveau bonheur, son enfant chéri, il
semble que le même rayon a pénétré aussi dans
l'âme de l'artiste, et qu'il a un peu éclairé le noir
abîme d'une école littéraire sombre et partiale,
comme il arrive qu'un soleil de printemps disperse
les nuages noirs d'une fraîche nuit de mai.

IV

Mais le récit dont nous nous sommes si longtemps
occupés soulève encore dans l'âme du lecteur des
réflexions plus sérieuses et plus profondes. Il porte
un trait plus curieux encore que cette résistance

à la partialité littéraire. Si l'on considère avec soin l'œuvre de M. de Maupassant, on arrive vite à cette conclusion peut-être trop hardie, que dans cette œuvre sont fondus, pour ainsi dire, les principaux traits caractéristiques de notre civilisation. Ceci va sans doute paraître aux lecteurs une exagération. Je vais cependant essayer d'expliquer ma pensée. L'éminent critique Francisque Sarcey, que l'auteur de ces lignes admire infiniment, a, dans ses articles et aussi dans ses conférences publiques, tout en reconnaissant complètement l'énorme talent du jeune auteur, émis, entre autres, le reproche suivant :

Le roman *Une vie*, possède un vice capital, qui ne lui permet pas d'être un chef-d'œuvre, ni d'arriver jamais à la popularité. Ce vice est encore, comme dans les premiers essais de M. de Maupassant, le choix de l'héroïne sur laquelle se concentre tout l'intérêt. C'est une personne vulgaire, médiocre, commune, digne seulement de pitié : une personne qui ne lutte jamais, comme une victime inconsciente soumise à toutes les misères de la vie, et se changeant, à la fin du roman, en quelque vieille maniaque ennuyeuse, abêtie et tombée en enfance. Cette Jeannine, étant une femme trop commune, trop médiocre, n'amène jamais l'auteur à peindre l'élément dramatique de la lutte : elle

16

Illisibilité partielle

Contraste insuffisant
NF Z 43-120-14

VALABLE POUR TOUT OU PARTIE
DU DOCUMENT REPRODUIT.

n'est jamais en état de provoquer l'intérêt. C'est
une de ces figures pâles, inutiles, enfermées dans le
centre étroit de leur vie individuelle, et dont les destinées n'intéressent personne, tant est complet en
elles le manque d'un caractère typique ou original. »
Malgré tout mon respect pour le grand critique dramatique, je dois déclarer que cette opinion me paraît
radicalement fausse. Et j'ai cité ce jugement parce
qu'il contient un reproche important, digne d'une
discussion littéraire : un reproche que j'ai déjà com-
battu en partie ; je l'ai cité aussi parce que, en répondant au célèbre feuilletonniste du *Temps*, j'essaierai en même temps d'appuyer l'avis énoncé plus
haut sur le sens symbolique général que M. de Maupassant a donné, sans le vouloir sans doute, à son
œuvre.

Comment un juge d'un si grand talent, aussi
profond et aussi consciencieux que M. Sarcey peut-il
trouver que l'héroïne de ce livre ne saurait éveiller
la sympathie parce qu'elle est simple, humiliée et
ridicule ? Sans doute, c'est une chose que l'auteur
ne nous cache pas : mais cette vieille maniaque souffre sans arrêts : elle souffre en tant que femme, en
tant que mère, en tant que créature humaine blessée
dans sa dignité ; et y a-t-il une de ses douleurs qui ne
soit noble et compréhensible. Et si, à la fin du récit,

Jeannine devient presque un enfant et tombe dans un engourdissement intellectuel absolument répulsif pour nous, cette chute est pourtant le résultat d'une longue vie de travail, de déceptions et de souffrances! Même dans les parties du récit où Jeannine apparaît ridicule et puérile, après la vente des Peuples ou durant son voyage à Paris, l'auteur, qui sait la caractériser si bien par chacun de ses mots et de ses actes, ne cesse pas un instant d'exalter en elle l'être humain qui ne périt jamais dans une créature souffrant pour une autre. Chacun des actes de Jeannine est vrai et humain : car la timidité et le désespoir, et l'impossibilité de résister à la tyrannie du destin, sont des attributs humains : il est donc impossible que l'histoire de cette pauvre femme nous ennuie ou nous déplaise. Elle agite des questions qui intéressent trop chacun de nous; elle analyse des crises morales trop connues de chacun. Que l'on compare un chef-d'œuvre admiré universellement à ce livre de M. de Maupassant, et il ne faut jamais craindre les comparaisons : comparaison n'est pas raison. Est-ce que, par exemple : l'Œdipe roi de Sophocle, la création la plus puissante de l'antiquité, ou le roi Lear de Shakespeare ne sont pas l'analyse de la déchéance graduelle d'un homme : thèses prouvant, comme notre vie, la vanité et le néant des

biens de la vie. Oui, nous répondra-t-on : mais la
représentation d'une déchéance intellectuelle ne peut
nous intéresser que lorsqu'elle a pour victime un
personnage important et élevé, un roi, un héros de
proportions surhumaines, une figure mystique de
puissance extraordinaire, et ceinte d'une légendaire
auréole d'idéal : une figure assez grande pour
qu'elle conserve encore quelque grandeur dans sa
chute.

Or, d'après M. de Maupassant et ceux qui, comme
lui, cherchent à incorporer à la littérature l'esprit
moderne, un tel argument est sans aucun poids :
attendu que les souffrances d'un homme tout-puissant
et célèbre, si même il porte la trace d'une hauteur
virile comme celle du mari de Jocaste ou du père de
Cordelia, ne sont nullement plus dramatiques que
les souffrances de la plus humble créature humaine.

Nous sommes tous égaux devant les terribles lois
de la vie. Tous nous sentons de la même façon ;
tous nous sommes uniquement et avant tout des
hommes ; et les créations artistiques n'ont d'autres
degrés que ceux du talent avec lequel on y a introduit l'obligatoire vérité de la vie : peu importe la
caste où l'artiste a choisi son modèle. D'après le
caractère spécial de ce modèle, la forme de l'œuvre revêtira un aspect spécial ; mais les sentiments

représentés en lui doivent toujours rester humains,
c'est-à-dire ne pas dépasser la sphère étroite de
notre activité psychique, et ainsi la mort d'un mendiant chez Dickens, d'un fanatique de l'amour paternel, Goriot, chez Balzac, ou d'un galérien dans le chef-d'œuvre de Dostoiewsky (*Souvenirs de la maison des morts*) éveillent en nous presque le même frisson
de terreur, de compassion, d'admiration pour les
auteurs que la mort d'*Hamlet*, ce symbole du doute
moderne, de *Ruy Blas*, cette incarnation des tendances du peuple vers le pouvoir et le bonheur, ou du
Marquis de Posa, cet idéal défenseur des lois de la
liberté. Chacun d'eux a été un homme : chacun
donc est digne de l'analyse, de l'amour et de l'observation de l'artiste. Les hautes figures synthéthiques créées par les génies dramatiques et les figures communes, en apparence, des romanciers contemporains, nous intéressant avant tout comme la
personnification de certaines passions humaines qui
dominent dans chacune d'elles. On peut rester un
écrivain de génie, en s'élevant aux régions supraterrestres de la poésie, de la synthèse et de l'idéal,
des idées pures et innées, et aussi dans le monde inférieur de la réalité, de la vie quotidienne et prosaïque d'êtres tels que Jeannine. Ne défendons donc à
personne de choisir, suivant ses forces et ses dis-

positions, telle ou telle sphère de création. Dans
chacune d'elles il peut être vrai et grand. C'est le
talent de l'auteur qui décide la valeur de l'œuvre :
ce n'est jamais le choix de son sujet.

C'est avec raison que l'on se plaint de la monotonie des naturalistes d'aujourd'hui qui veulent en-
fermer toute la création artistique dans la sphère
étroite des passions mauvaises ou vulgaires, et qui
ne reconnaissent pas la nécessité pour chaque talent
de se développer d'après son individualité. Je repro-
duis ces reproches parce que j'admire le naturalisme, je crois en sa vitalité, je voudrais le voir
compris plus largement et plus justement : et pour
cela même je dois avouer qu'il a aujourd'hui
besoin d'être complété et réformé. Mais nous devons blâmer d'autant plus l'idéalisme partial qui
condamne une œuvre d'une si haute portée artistique, à cause de son sujet trop triste et trop
vrai, au nom de quelque esthétique littéraire qui
admet la beauté simplement dans les stériles tendances vers les cieux inaccessibles aux talents de second ordre. Hélas ! quel est donc le parti littéraire
qui voudra enfin se laisser diriger par la seule vertu
essentielle : la tolérance, le respect des capacités et
des vues différentes des notres. Et, revenant à la donnée première de cet article, ne voyons-nous pas une

complète analogie entre ce mouvement qui renouvelle les conceptions littéraires et le courant nouveau qui cherche à reformer, à renouveler le monde social sur le fondement de nouveaux principes éthiques. Car il est clair que si nous trouvons pour un mendiant, un avare et un criminel, êtres déchus et bas, les mêmes larmes de compassion que provoquent en nous l'agonie du prince rêveur et philosophe, du génial plébéien, et de l'apôtre de ia liberté, de ces figures d'une grandeur symbolique, c'est, en partie, parce que les saintes maximes du marquis de Posa commencent à entrer dans notre vie, et que, d'après les conceptions de l'esthétique sociale de notre temps, le mendiant et le criminel ont été les mêmes hommes, ont eu les mêmes droits à la liberté, au bonheur, au développement de leurs aptitudes que le prince danois, l'amant de la reine, le margrave d'Espagne. C'est seulement dans notre époque d'égalité et de liberté que les grands talents pouvaient développer des passions sublimes et éternelles dans le cadre de la vie de personnages si humbles et si vulgaires, sans tomber dans le ridicule et la fausseté. Et c'est pour cela que des penseurs tels que Dickens, Balzac, Dostoiewski ou M. de Maupassant doivent être appelés talents modernes dans tout le sens de ce mot. L'union et le

rapport les plus étroits existent entre la littérature
d'une époque et ses tendances sociales. De même
qu'autrefois la vie des humbles, des faibles, de
la foule des âmes vulgaires qui souffrent depuis des
siècles, paraissait en littérature un thème inférieur,
indigne d'analyse, de même dans la vie sociale les
faibles, les vulgaires, les vaincus étaient des esclaves
sur la destinée desquels il n'était point besoin de
verser des larmes. Mais l'esprit de la liberté et
de l'amour s'élève au-dessus du monde, exigeant un
développement ultérieur de la sainte marche du
progrès, commencée par le Christ. Et en même temps
que cette métamorphose donnait une autre couleur
au monde social, un changement pareil arrivait
dans le domaine de la pensée, dans l'art, y introduisant un nouveau but, un réalisme qui ne dé-
daigne pas de représenter les joies et les tristesses
des petits, qui ne trouve pas dans la nature
un seul être qui ne mérite un mot de plainte,
un mot de compassion. C'est seulement à notre
époque de tolérance et d'application pratique des
principes du Christ, c'est alors seulement que
pouvaient apparaître des œuvres d'art consacrées entièrement, comme cette vie, à l'existence d'êtres
humbles, médiocres et faibles, de ceux à qui le
Sauveur a dit : « Quiconque s'abaissera comme cet

enfant, celui-là sera plus grand dans le royaume des cieux » C'est pour cela que j'ai nommé symbolique le récit analysé ici. Il personnifie toute la direction de l'esprit moderne, le souci du sort des petits, des humbles, des déshérités; dans la législation, dans la vie sociale et dans la science, le monde moderne tend à améliorer leur être et à répandre la lumière parmi eux : pareillement l'art nous initie à la vie, aux conceptions et aux luttes de ces âmes humbles et obscures qui constituent les masses et les nations, rejetant l'acte d'accusation de bassesse donnée à la vie de ces hommes qui ne sont rien dans l'histoire du monde. Non, la vie humaine n'est jamais basse, pour celui qui l'observe en savant et en penseur, chaque phénomène intellectuel prend la signification d'un fait général. Tout mérite notre compassion et notre aide ; et bien que la vie de ces petits reste encore misérable, vacillante et faible, et que par suite sa représentation par l'art donne des images pâlies, privées de couleurs voyantes, cependant nous ne perdons pas l'espoir en un avenir meilleur et plus juste. Car dans les rangs de ces frères cadets moralement et matériellement, dans cette foule gît peut-être l'énigme de l'avenir.

TABLE

Imprimerie de la Revue Indépendante

Paris, 11, Chaussée d'Antin

Août 1888

BIBLIOTHÈQUE NATIONALE

CHÂTEAU
de
SABLÉ
1983

www.ingramcontent.com/pod-product-compliance
Lightning Source LLC
Chambersburg PA
CBHW071900020726
47502CB00003B/836